月に蜜色の嘘

きたざわ尋子

幻冬舎ルチル文庫

CONTENTS ✦目次✦

月に蜜色の嘘

✦カバーデザイン＝久保宏夏（omochi design）
✦ブックデザイン＝まるか工房

イラスト・平眞ミツナガ✦

月に蜜色の嘘

迎えの車は、予定の時間ぴったりに別荘の前に着いた。

クリスマスの日から今日まで、年をまたいで十日ほどを二人だけで過ごしたが、それも今日で終わりだ。といっても帰国すれば同棲《どうせい》をスタートさせるので、状況としてはあまり変わりないだろう。ただ場所が違うだけだ。

「よろしく」

運転手がそう多くはない荷物を運んでくれて、そのあいだに直木凛《なおきりん》は恋人と一緒に後部シートに乗り込んだ。整備されていない道を走ることも考慮され、車は四輪駆動だ。街にある家だったら間違いなくリムジンが寄越されていたことだろう。

「なんか、あっという間だったなぁ……」

そう感じるのは隣にいる恋人のせいもある。失恋したと思い込んで日本から逃げてきて、母親の実家であるルース家が持つ別荘で一人いじけていたところを、隣に座る男——恋人が追いかけてきたのだ。

誤解や認識の違いがあったために起きたことだが、雨降って地固まると言える事態だったことは確かだろう。

想いを確かめあって晴れて本当の恋人同士になった後は、もう人には絶対言えないような過ごし方をした。今朝まで凛は持って来た服を一度も着なかったほどだ。おかげでいまもピンク色の空気がふわふわと漂っているような気がしてならなかった。

「ヤバい……姉ちゃんたち気付くかも……」

運転手にわからないように日本語で言うと、恋人——笠原勇成《かさはらゆうせい》はふっと笑って余裕を見せた。まったく気にしていない、といった様子だった。

「少しは気にしようよ」

「気にならないものは仕方ねぇだろ」

普通、凜以上に気にするべきは勇成じゃないかと思うのだ。

凜たちの関係は凜の身内からは公認だ。なにしろ凜の行き先を勇成に教えたのは日本にいる従兄弟《いとこ》だし、空港から別荘まで勇成を直送するよう手配したのは凜の実の姉たちだ。だが姓がルースでない姉たちに母の実家の者たちを勝手に動かすことは出来ないので、当主なりなんなりに話を通したのは間違いない。その際にどこまで話したのかは不明だが、ただの友達でないことは自《おの》ずとわかるだろう。

寛容なのはルース家の特性によるものが大きい。いろいろと不憫《ふびん》なルース家の男子に対して、一族の者たちはなにかと便宜を図ってくれるらしいのだ。今回のことで凜はそれを初めて知った。

「ルース家の男が同性を選ぶのも、珍しいことじゃないそうだな」

「……みたいだね」

ルース家の男子は肉体的にも精神的にも異常はないのに子供が絶対に出来ない、という特性がある。理由は不明だ。凜は信じていないが、ルース家の者たちは一族の様々な特性を、大昔に精霊から授《さず》かった祝福によるものだと信じている。

初めてそれを知ったとき、正気かと凜は思った。懸命にも口には出さなかったが顔には出ていて、家族には苦笑された。凜のそんな反応も含めてルース家男子の特徴だったからだ。ルース家の血を引く人間は、総じて身体《からだ》が頑丈だ。それに尽きる。病気はしないし、ケガは尋常ではないスピードで治癒《ちゆ》していくし、老化もかなりゆっくりだ。八十過ぎの祖母が四十歳そこそこにしか見えないほどだった。おまけに異様なほど運がよく、公私ともに順調な者ばかり。

奇跡の一族だと、ルキニアでもかなり有名な家なのだという。たまにしか行かない凜には実感などないし、祝福だの加護だのという話は信じていないけれども。

「男女差別はいけないと思うんだ」

「そうだな」

笑みを含んだ同意に、凜はムッとした。

完全に他人《ひと》ごとだ。もっとも凜とて、いまはもう本気で憤る気はなかった。勇成というパートナーを得た以上、ルース家の鉄の掟《おきて》はもう適用されないからだ。

ルース家の血を引く女性以外を家系に加えてはならない、というひどいルールが一族にはある。もっとも凜は母親が日本人と結婚しているので、そのあたりには従わなくていい立場だ。ただし女性と結婚した場合、パートナーを連れてルース家には行けないようだ。とんでもない慣習だと、いまでも思っている。ちなみにゲストという立場ならば、もちろん女性でもルース家を訪問できるらしい。

「おまえの従兄弟が言う通り、男に厳しいわけじゃないな。ルース家以外の女に厳しいだけだろ」

「……精霊って女なのかな」

「さぁな。女嫌いの男かもな」

なるほど、と思いかけ、凜ははっとした。

「違う違う、精霊なんていないし！　いまのなし！」

いもしないものを語るなんて、そろそろ家族や親戚《しんせき》たちに毒されてきたのかもしれないと、慌ててかぶりを振る。

そんな凜を見て、勇成は薄く笑うだけだった。

いろいろとんでもない話を聞かされているのに、勇成はとても自然に受け止めていた。あからさまに肯定を示すわけではないが、否定しているわけでもない。ルース家の人間がパートナーに選ぶ相手は、自然にすべてを受け入れるというのも、昔から言われていることだったようだ。

森林ばかりだった景色のなかに、やがてぽつぽつと集落が見えてくる。ルキニアは国土の多くが森林で占められ、伝承や童話などの舞台になっていることから、お伽噺《とぎばなし》の国とも言われている。また水がきれいということからか、精密機器などの産業も発展していた。

「あー、街が近くなってきた……」

「気が重そうだな」

「だってどんな顔して姉ちゃんたちとか親に会えば……」

失恋したと言ってルキニアまで逃げてきて、姉たち曰《いわ》く「カビが生えそう」なほど鬱々《うつうつ》としていたことは、いまとなっては非常に恥ずかしいことに思えた。そして恋人になった勇成と十日も別荘に籠もっていたことも、なにをしていたんだと想像されてしまいそうでたまらない。

「なにを言われても愛だろ。甘んじて受けろよ」

「……わかってるんだけど……」

たとえどんな毒を吐かれようと、愛情がベースにあることは理解している。いや、毒を吐くのはすぐ上の姉だけだが。

「あー、家見えてきちゃった」

溜《た》め息《いき》をついているうちに車はルース家の私有地に入っていた。前方に建物が小さく見えてきたところで凜は覚悟を決める。

「家っていうのかあれは」

勇成の突っ込みはもっともだと思った。屋敷か邸宅というのが相応《ふさわ》しい表現なのだ。それも大邸宅だろう。人によっては城と言うかもしれない。

建物自体はかなり古いものだが、手を加えて強固さと快適性が向上されている。数えたことはないが部屋は何十もあり、パーティーが開けるような大広間も有し、図書室や娯楽室といった設備もある。使用人の数も多く、凜などは何人いるかも把握できていなかった。いま走っている道の左右には大きな庭園が広がっていて、屋敷の前には大きな噴水が見えた。この時期は水を出さないが、子供の頃は夏にも来ていたので、これをプール代わりにしていたものだった。ビニールで膨らませる子供用プールよりも遥《はる》かに広いのでテンションが上がったことを覚えている。

「日本じゃこんな家、ありえないよね……」

少なくとも個人宅ではありえない規模ということは間違いなかった。

「いろいろすげぇなルース家」

「僕もそう思う」

幼い頃はわからなかったが、いまはしみじみ思う。別世界だと。普段は日本にいるので実感することはないし、凜自身は姓も違うので、直接関係があるということはないのだが。

車寄せで車が停まると、すでに待機していたルース家の使用人がすかさずドアを開けた。この手の対応にもまったく凜は慣れていなかった。たまにしか来ないので当然だ。その点、姉たちは年末年始と夏の休みには必ず来ているので、まるでこの家で生まれ育ったかのような堂々とした立ち居振る舞いだった。これは性格によるところが大きいのかもしれないし、ルース家の女子の特性かもしれない。

「おかえりなさいませ」

「う、うん。あの……」

荷物は自分で運ぶから……と言おうとしたところで、頭上から声が降ってきた。

「おかえりー。荷物は任せてこっちに早く来なさい。お茶の用意は出来てるから」

「ね……姉ちゃん……」

「一分以内ね」

言いたいことだけ言って下の姉である絵里奈《えりな》は窓を閉めた。寒いから早く閉めたいという気持ちがはっきりと表われていた。

凜は溜め息をつき、荷物を頼んで先に屋敷に入った。慣れていないとはいえ子供の頃から来ているところなので、部屋の位置はわかってる。姉がいたのは、彼女のために割り振られている部屋だ。

「どっちの姉さんなんだ?」

「二番目」

「ずけずけと言うほうか」

「どっちも言うんだよ。上の姉さんは口調がゆったりしてるだけで、大差ないし……。二人一緒だと、姉ちゃんに任せてる感じだけど」

二人ともおとなしいタイプではないのだ。揃《そろ》って美人ではあるが、上の姉の場合はふわふわとした印象の外見と口調に騙《だま》されるケースが多く、下の姉の場合は見るからにきつそうなので、近付く男は限られるらしい。

広い玄関ホールを抜けて階段を上りながら、凜は屋敷のなかがざわついているような気がして首を傾《かし》げた。もちろん大声が聞こえるとか音が鳴っているというわけではなく、空気がどこか落ち着かないのだ。

「なんか、わさわさしてる……？」

「そうだな」

勇成も同じように感じていたが、もちろん凜以上に理由などわかるはずもない。後で姉にでも聞こうと思いつつ、辿《たど》り着いた部屋のドアをノックした。

すぐに内側からドアが開いた。この家のメイドで、ちょうど退室していくところだったらしく、頭を下げて入室を促された。凜と勇成がなかに入ると、いつものように恭《うやうや》しく礼をして下がっていった。

テーブルには三人分のお茶が用意されていた。一分以内といったのは、お茶が入るタイミングを測っていたからのようだ。

「おかえり」

「……ただいま」

「なに、その顔。まぁとにかく座って。で、紹介しなさいよ」

席は円いテーブルだが、凛と勇成のための椅子《いす》はやや近くに置かれている。絵里奈との距離は等分ではなかった。

勇成は軽く頭を下げて着席した。紹介しろと言われたので、自ら名乗らず凛が言うのを待つことにしたようだ。

「あー……えっと、笠原勇成……さん。あの、二番目の姉の絵里奈」

「初めまして。このたびはお世話になりました」

「気にしないで。というか、別にあなたのためじゃないから、お礼なんかいらないわ。これでも弟が可愛《かわい》いの。ほら、バカな子ほど可愛いって言うじゃない？」

可愛いと言われて少し嬉《うれ》しかったが、そのすぐ後でがっくりと力が抜けた。バカはないだろうと、口のなかでもごもごと呟《つぶや》いたが、勇成にも絵里奈にも聞き流された。

確かにバカだったかもしれない、とは思っていた。勝手に勇成が本気じゃないと思い込んで、海外まで逃げたくらいだ。けれども仕方ないと思う自分もいた。実際、凛が泣いて怒って逃げたから、勇成は自覚したのだ。それまでは勇成自身、本気じゃないと思い込んでいたわけだから、バカと言うならば勇成もそうだ。

ふと見れば勇成は苦笑していた。

「俺のほうがよりバカですけどね」

「うん、そうね」

「よく俺とのことを許しましたね」

「あ、その口調やめて。板についてなさすぎて気持ち悪い。タメ口でいいわよ。見た目、あんたのほうが老けてるし」

「どんな理由……」

相変わらず意味がわからない、と凜は心のなかで呟いた。絵里奈は勇成より三歳上で、見た目は年相応だ。

絵里奈はまじまじと勇成を見つめていた。

「ふーん、思ってた以上にイケメンね」

「ダメだから！」

とっさに勇成の腕を取り、これは自分のものだとアピールする。それを見て絵里奈は鼻で笑った。

「弟の彼氏なんて取るわけないでしょ。だいたい好みじゃないし」

「なんでっ？」

「あー、めんどくさい。なんでって聞かれる意味がわかんないんだけど。あんたは彼氏が世界一格好いいとか思ってるのかもしれないけど、違うから。人それぞれだからね」

吐き捨てる絵里奈に、凜は不満げな顔を隠そうともしなかった。納得はしていない。だが反論はしなかった。

「あ、そうそう。今日のパーティー、二人とも出なさいって伯母様《おばさま》が言ってたわよ」

「は？」

「六時からね」

「ちょっ……パ、パーティーってなに？　なんの？」

「新年の。毎年やってるのよ。知らなかったの？」

「……そう言えば、聞いたことがあるような……」

主に国内の著名人が来るとか、数百人規模の客が来るとかいった話を、凜は何度か聞かされていた。ほぼ聞き流していたので、すっかり忘れていたが。

絵里奈によれば、何代か前の当主の誕生日を兼ねたパーティーなので、その名残《なごり》で毎年この日になっており、招待を受けることはルキニア国内ではちょっとしたステータスらしい。

「ルース家ってそんなにすごいの？」

「いまさら……」

姉の蔑むような目は少しこたえた。凜がルース家のことを故意に避けていたのは周知の事実で、避けていたもののなかには情報も含まれていたのだ。

資産は当主一人に集中しない形になっているので世界的な番付としてはそう高くないが、あわせれば相当なものだと絵里奈は説明した。

「多少の不自由さは、その代償ってことでしょ」

「不自由なのは男だけなんだけど」

「別にもういいじゃない。彼氏だったら問題視されないんだから」

「それもどうかと思う……」

変なところで緩かったりきつかったりするのがルース家だ。それに違和感を覚える凜はやはりこの一族にあって異質なのだろう。問題視されていないのは、声高に異を唱えないというのもあるが、やはり凜が基本的に遠い日本で生活しているからだろう。いくら姓がルースではないとはいえ、両親のようにルキニアに生活拠点を置くようになれば、話は変わってくるに違いない。

ふうと息をついて紅茶に口を付け、凜はふと姉の視線が勇成に向けられていることに気がついた。勇成もまた、しっかりと視線を受け止めている。

見つめあっているようにも思えるが、実際は互いに観察しあっている、というのが正しい。

二人をよく知る凜は理解していた。

(目逸《そ》らしたら負けって感じ……)

野生の肉食獣同士がにらみあっているようだ。ひそかに思いつつ、凜は黙って紅茶を飲んだ。とても割って入る気にはなれなかった。

やがて、絵里奈は「ふーん」と言って背もたれに身体を預けた。

「ところでルース家の『逸話《いつわ》』については知ってる？」

「だいたい」

「どういう認識？　この子は頑《かたく》なに認めてないんだけど」

「知ってます。俺としては、まぁルキニアだしな……って感じですかね。詳しくは言えませんが、俺自身も特殊な体質なので」

「変な国よね、ほんと」

納得しあってその話は終わった。

相変わらず凛以外のルース一族、そしてそのパートナーはきわめて自然にルース家の特殊性を受け入れてしまう。これもまた「祝福」なのだと言われ続けている。さすがの凛も、そろそろ諦めつつあるのだが、認めてしまうと負けるような気がして、ここでも無言を貫いてしまった。

「あ、そうだ。この後、姉さんのところへ顔出してね。服を選ぶって言ってたから」

「服……パーティーの？」

「それなりの格好はしなきゃいけないでしょ」

「出ないって選択は……」

「出たくないなら伯母様に直接言って」

突き放すように言われ、凜はがっくりと肩を落とした。

「……出ます」

伯母――つまりルース家現当主の意向ならば従うしかない。強制力はないが、凜には伯母の前に出てパーティーに出たくないと訴える勇気がないのだった。怖い人ではないが、言いしれぬ迫力と威圧感があり、彼女の前に出ると言いたいことの十分の一も言えなくなるのが常なのだ。しかも今回はいろいろ世話をかけている。パートナーである勇成込みでパーティーの参加を無視することなど出来るわけがなかった。


本当にパーティーだ、と凜は小さく溜め息をついた。

なにも疑っていたわけではない。屋敷内に流れる空気だとか、長姉から与えられた華やかなスーツだとか、夕方になって次から次へとやってきた高級車の数を見て、ただごとではないのは実感していた。だが実際にこうして始まってみて、凜の想像を遥かに超えていたことに溜め息をついたのだ。

まさかルキニアにいる各国の大使が来るようなものだとは思ってもいなかった。まして君主制だった時代の王族までいるらしい。ルキニアは平和的に君主制が廃止されたので、いまでも元王族の一部は国内で暮らしているという。

「目が死んでるぞ」

「部屋に戻りたい……」

片隅でおとなしく料理をつついているが、場違いだという気持ちのせいか、どうにも落ち着かない。確かに凜はルース家に連なる者だが日本の一般家庭――裕福ではあるが――に生まれ、パーティーなどというものとは無縁に育った。親類以外にこの国の人たちとは繋《つな》がりもなく、挨拶してくる者もしに行く相手もいないのだ。参加しろというからしているだけだった。

「これ、途中でバックレてもわかんないよね？」

「そうかもな」

日本ではかなり長身で目立つ勇成だが、ここはルキニアだ。同じくらいの長身は相当数いるし、黒髪だってそう珍しくない。一時間くらいしたら部屋に引っ込んでしまおうと、ひそかに心に決めた。

「妹と姪《めい》っ子たちを連れて出る、って言えば理由になるんじゃないか？」

「あ、それいい。うん、そうする」

凜の妹は十四歳で、長姉の双子《ふたご》の娘たちは四歳だ。彼女たちは早めに引き上げるはずなので、そのタイミングで出ていくことにした。

「よし、食べよっと」

頼めば夜食は出るだろうが、わざわざ作ってもらうのも気が引けるので、夕食はここですませようと決める。

勇成と二人、料理を皿に盛って壁際に身を寄せた。食事をしている客は少ないようだ。グラスを片手に談笑しているのがほとんどで、どうやらここは顔を繋いだり情報交換をしたりする場らしい。

料理はどれも味がよかった。ルース家の料理人は腕がいいのだ。

「それにしても……」

凜は勇成をしげしげと見つけ、小さく頷《うなず》いた。

「どうした?」

「すげー似合ってる。大人《おとな》っぽいし、全然着られてる感とかないよね」

光沢のあるダークグレーのスーツはまるであつらえたかのように勇成に馴染《なじ》んでいる。とてもルース家にあったものを着たとは思えなかった。長姉が初対面の挨拶もそこそこに、喜々としてスーツを選んでいたのも仕方ないだろうし、出来映えにひどく満足そうだったのも当然だと思っている。

「ホストみたいになってねぇか?」

「全然」

「なら、いい。凛も似合ってるぞ。いかにもいいところのお坊《ぼっ》ちゃん、って感じだ」

「そうかな。さすがに制服にはなってないと思うんだけど……」

最初にリボンタイをつけたときは、なにかの物語に出てくる寄宿学校の学生にしか見えなかった。長姉もそう思ったようで、結局はクロスタイという形になったのだった。凛のスーツは明るめのベージュで、もともと凛のものらしい。

「うん、よしよし。作戦が効いてる」

凛は満足げに頷く。移動してからずっと、勇成には壁を向く形で立ってもらい、凛はその陰に隠れている。これならば勇成の顔がほかの客からは見えず、女性客もあまり近づいてこない。皆無ではないが、十分有効だと言っていい。

勇成はこの場にあってもやはり目を引くのだ。いかにも東洋的な顔立ちにルキニア人の華やかさが加わって、適度に彫りは深くもすっきりとした男らしい美しさがある。パーティーの前に挨拶だけした伯母や母たちも、エキゾチックだと褒《ほ》めていた。そして体格もまったく見劣りしていなかった。

「英語、あんまり得意じゃないし」

ルキニアの公用語は英語とルキニア語だ。そしてこの手の場所では英語が用いられる。凛も幼い頃からこの二つを教えられてきたが、残念なことに後者はヒアリングが少し出来る程度に留《とど》まっている。以前の凛が、ルキニア——というよりルース家に対し、いろいろと思うことがあって反発していたせいもある。

不自由はしていないが、話すときはひどく緊張するのだ。その点、勇成はとても自然に英語で話す。どうやら彼の祖父に子供の頃から教えられてきたらしい。

「あー、もう早く帰りたい……」

「デザートは?」

「……いる」

「待ってろ」

「あー待って。自分で行くからいいよ」

好みもあるし、そもそも自分が食べるものを人に持ってこさせるのは気が引ける。凛はルース家に連なるものだから、一応はホスト側なのだ。たとえ役割はなにもなくとも、勇成もすでに身内に数えられているのだとしても。

ついて来ようとする勇成を手で制して、凛はデザートを取りに行く。そう遠くはない。勇成の視界から外れることはない位置と距離だった。

小さめのケーキが数種類、焼き菓子や冷たいデザートも豊富だ。どれにしようかと迷い、なにげなく勇成を見ると、一人だったはずの彼のところに、見知らぬ男が二人いた。

(誰……?)

勇成はこちらを向いているので、対峙《たいじ》している二人は後ろ姿しか見えない。ただ若いことはわかった。一人は勇成と同じくらいの体格で、もう一人は線が細く身長もそれほど高くない。とは言っても凜よりは高そうだが。

心当たりはなかった。どう見ても日本人ではなさそうだし、勇成の知りあいがこんなところにいるとは考えにくい。

どうやら背の低いほうが熱心に勇成に話しかけていて、もう一人はほとんど口を開いていないようだ。しきりに手にしたグラスを傾けている。

戻るべきかどうか、凜は迷っていた。勇成がさっきから視線をあわせないのは戻ってくるなという意味のように思えたからだ。

(空気は読むべき。うん)

近付かないことを決めて、少し離れたところで話が終わるのを待つことにした。デザートを食べる気分でもなくなり、飲みものだけ取って壁際に寄る。一人で壁に向かっているのは傍《はた》から見て変だろうから、壁に対して平行に立ってみた。勇成からは斜め後ろ姿が見えるような形だ。

フレッシュジュースを使ったノンアルコールのカクテルは、覚悟していたよりも甘くなかった。口当たりがよく、炭酸のおかげで爽《さわ》やかだ。

ふうと息をついていると、後ろのほうから勇成の声が聞こえてきた。

「待て」

なんだろうと振り返ると、すぐ目の前に背の高い男がいた。彼は凜に近付いてこようとしていて、その後を追うように勇成が来ている。

「失礼。お一人ですか？」

「は？」

「一人じゃない。俺の連れだ」

英語で交わされる会話に、とりあえず耳はついて行っている。ただし理解はまるで追いついていなかった。

気がつくと勇成が凜と背の高い男のあいだに入っていた。

「彼が君の友人……？」

「こいつになにか用でも？」

問いかけを流したのは故意だ。嘘《うそ》でも「友人」だとは言いたくなかったのだとわかり、にやけそうになるのを凜は必死で耐えた。

勇成と出会って知ったことだが、凜はとても単純に出来ていたらしい。ささいなことで喜び、ささいなことで落ち込んでしまう。まさに一喜一憂だ。自分は勇成に振りまわされている、と思っているが、勇成に言わせるとそれは逆だという。

笑み崩れそうになっているのを我慢している凜を、男はじっと見つめた。

「もしかして、ルース一族の子かな。ご当主の妹さんが日本人と結婚したそうだが……その息子《むすこ》さんだろうか？」

母親が日本に嫁《とつ》いだことは、それなりに知られていることだと聞いている。そしてこのパーティー会場に東洋人の姿は少ない。もともと国内の客がほとんどなので当然のことだ。勇成や凛の父親が目立つのは当然で、ハーフである凛や姉妹たちも一目でそれとわかるらしい。顔立ちそのものが、ルース一族の特徴を帯びているのも理由だろう。

「凛、です。リン・ナオキ。あなたは？」

「ああ、失礼。申し遅れました。アーネスト・ヴァルトといいます。ルキニア系のアメリカ人です。祖父がルキニア人でね」

アーネストと名乗った青年は、おそらく国内の有力者の孫なのだろう。年齢は二十代のなかばから後半といったところで、顔立ちはかなり整っていて理知的な印象だ。アッシュブロンドに深いグリーンの目は貴公子然としていて、女性からの熱い視線を集めそうな風貌《ふうぼう》だった。表情はにこやかだが、どこか探るような気配を感じる。

「それで……彼はわたしの従兄弟で、シリルだ」

いつの間にか、もう一人も来ていて、じろじろと不躾《ぶしつけ》にリンを眺めていた。どうにも値踏みをされているようで気分はあまりよくない。凛のことを見下しているように感じて仕方なかった。

意味がわからない。まだ言葉も交わしていないというのに、なにが気に入らないのか、どう考えても好意的ではないものを感じた。

（なんていうか、上から目線……）

気分は悪いが、ホスト側としてはそれを表に出すわけにはいかない。表情筋を必死に動かして、凜はなんとか苦笑程度に留めた。

それにしてもシリルという青年はきれいな顔立ちをしていた。年は凜よりもいくつか年上と思われ、遠目に見たときの印象通り凜よりも数センチは高そうだ。女性的でこそないが美しい顔は少しばかりきつめで、凜にはない色気のようなものさえ感じさせた。

髪の色はアーネストよりも明るい金髪で、目の色は同じだった。

「ふーん……何歳？」

「え？　あ、十九……」

「同じっ？　嘘、信じられない……！」

大げさなくらいの反応に、相手の悪意が含まれていた。悪意と言っても大げさなものではなく、ちょっとした嫌味程度のものだが、理由がわからずにもやもやとした感情ばかりが募っていく。

ここまで来れば間違いない。シリルは凜のことが気に入らないようだ。

溜め息をつきそうになって、はたと思い出す。シリルは同い年だと言っていた。

日本人を基準にしているからシリルは大人びて見えるが、それはあくまで見た目の話だ。表情が動くと年相応かそれ以下だし、言動は凛よりもよほど幼く思える。

「……十九歳……」

「そうだけど？」

それがなにか、とでも続きそうな表情と態度だ。とにかく刺々《とげとげ》しくて、勇成がチッと小さく舌打ちするのが聞こえた。そろそろ勇成も我慢の限界らしい。

「失礼ですが、彼はこういう場に参加なさらないほうがいいのでは？」

勇成は言外に、シリルの態度が悪いと批難した。本人にではなく、あえてアーネストに言った。

シリルはムッとしているが、さすがに自覚はあるのか反論はしなかった。

「申し訳ない。後で言って聞かせるよ。普段はここまでじゃないんだが……いや、本当にすまなかった。シリル、おまえからも謝罪を。出来ないのなら、いますぐに帰りなさい。わたしにこれ以上恥をかかせるつもりか？」

「……悪かったよ」

ぶすっとした顔で言われても謝られた気はしなかったが、ことを荒立てたくはなかったので謝罪を受け入れた。

従兄弟同士というよりは兄弟のような関係なのだろうか。とりあえず年長者であるアーネストに逆らう気はないようだった。そしてシリルにはこのまま帰りたくない理由があるようだ。さっきから、ちらちらと勇成を気にしている。

　凜が不快感を覚えているのは、シリルの態度や口調よりも、彼が向ける視線なのだ。

（見るなってば、減ったらどうすんだよ。僕のだぞ）

　シリルは勇成に興味があるらしい。健全な意味でなさそうなのは、視線の種類でわかる。日本でもよく、勇成はこういう目で見られているからだ。

　だがアーネストは、凜が考えていたのとは違う意味のことを口にした。

「わがままで申し訳ない。悪気はないんだよ」

「……そうですか」

　勇成はあからさまに信じていない、という態度だ。凜も同感だった。というよりも、いまのアーネストの言葉は嘘——彼なりのフォローであり、事実とは異なっていた。

　シリルは凜に対して、どう考えても敵意がある。悪意とまではいかないが、マイナスの感情を抱いているのは間違いないだろう。アーネストも感じ取ってはいるものの、本人を前に認めるわけにはいかなかったのだ。

「よかったら、シリルに日本の話をしてやってくれないかな。こう見えて、シリルは日本のポップカルチャーが好きでね」

「え、アニメとか……？」

「J－POPだよ。主題歌になってたりもするから、アニメも多少含まれるけど」

「ああ……」

どうやらこれは本当らしい。

前者は凜でもなんとかついて行けそうな話題だった。熱心に聞いている特定のアーティストはいないが、気に入った曲があれば部屋で流したりはするからだ。後者になると、子供のとき以来まともに見ていないのでさっぱりだが。

「あいにく俺はどっちも興味がないな」

「趣味はないの？」

シリルはかなり熱心に勇成へ話しかける。謝罪はしたものの、凜とは積極的に話すつもりはないようだった。

（まぁいいけど……）

刺々した言葉を浴びせられるくらいなら無視されたほうがマシだと思った。

ふと気がつくと、アーネストが凜の背後にまわっていた。

「やっぱり、似てるな」

「え？」

「いや、実は好きなアーティストがいてね。その作品に描かれている人物……というか、妖《よう》精《せい》の後ろ姿なんだが、君によく似ていたものだから」

だから気になって声をかけたのだとアーネストは続けた。

これは本当のことらしい。

（まさか……）

嫌な予感がして、思わず勇成の顔を見てしまった。アーネストが言ったアーティストというのは〈リクハルド〉の可能性が高い。そして問題の絵のモデルが凜である可能性も。

当然言うつもりはなかったが。

「もしかして〈リクハルド〉ですか？」

「そう！　そうなんだよ、もちろんあの絵も知ってるんだろう？」

「ええ、もちろん。ＣＤも持ってますから」

しれっとした顔で話す勇成を、凜はまじまじと見つめた。まさか自ら名前を出すとは思っていなかった。

そう、自らだ。新進気鋭の現代アート作家の正体は勇成なのだ。一見すると彼は絵筆を握るようなタイプには見えないのだが、すでにプロとしていくつも作品を世に送り出している。だが本人の希望で正体は伏せたままだった。国籍すらも謎で、名前からヨーロッパのいくつかの国名が推測として挙がっているらしい。そのなかにはルキニアも含まれていた。それもそのはず、リクハルドというのは勇成の曾祖父《そうそふ》の名前なのだ。ルキニア独自の名前でないものの、わりとよくある名前なのは確かだった。

ちなみに勇成が言うCDとは、日本人音楽家によるインストゥルメンタルのアルバムで、勇成の絵がジャケットとして使われたものだ。音楽家とは勇成の父で、こちらも本名は公表していないし、あえてここで勇成の父だという必要もないだろう。

「もしかして、ジャケットに惹《ひ》かれて買ったのかな？」

「いや、ほかの作品も全部持ってるので」

勇成の言葉に嘘はなかった。ただし買ったのではなく、すべて実の父親からもらっているのだった。

「ねぇ、ところで二人は友達なの？」

「同じ大学に通ってる」

「ふーん……ただの友達？」

シリルは上目遣いに勇成を見つめ、含みのある質問をした。

それは凜から見てもくらっとするほどの色気を含んでいた。小悪魔的という言葉が脳裏《のうり》に浮かび、思わず勇成の表情を確認してしまう。

勇成は無表情に近かった。わずかに嫌悪が浮かんでいるが、そうあからさまではない。

胸のすく思いがした。勇成は隠そうと思えば感情を隠せる人間だが、シリルの態度もあってその必要はないと判断したようだ。謝罪はしたものの、相変わらずシリルが凜に向ける視線は刺々しいからだ。

勇成はくすりと笑みをこぼす。それは嘲笑《ちょうしょう》じみたものだった。

「その手の質問はよくされるな。下心ありありの、俺と寝ることしか考えてないような女がしてくる」

「っ……」

シリルの顔色が変わり、次いで目つきを鋭くした。それはそうだろう。いまのは明らかに侮蔑だったのだから。

アーネストはなにも言わない。どこかおもしろそうに眺めているだけで、フォローする様子もなかった。案外一番タチが悪いのはアーネストかもしれないと、凜はひそかに溜め息をついた。

それから間もなくして、凜は両親に呼ばれてその場から離れた。勇成も付き添うようにしてついて来て、結局彼らとはふたたび会うこともなかった。


「ってわけで、いろいろあったんだよ」

帰国してまず向かったのは、自宅ではなく勇成のマンションだった。そこに土産《みやげ》以外の荷物を置いてから、ようやく従兄弟が待つ自宅に戻り、一時間以上もかけてルキニアでの話をしたのだ。

もちろん不愉快だったあの二人のことも簡単に話した。

同居する従兄弟の俊樹《としき》は、うんざりしているのを隠そうともしなかったが、一応最後まで話を聞いていた。頭に入っているかは不明だが、とりあえず相づちくらいは打っていた。

「ちゃんと聞いてる？」

「聞いてるよ。バカップル丸出しでいちゃついてたって話だろ」

「それだけじゃないし！」

「滞在期間の九割が別荘なんだから、そういうことだろ」

「うう……」

「それで、荷物はどうしたんだよ」

「勇成んとこ」

「あ、そう」

俊樹の反応は非常にあっさりしたものだった。勇成と同棲することは、帰国前に電話で俊樹には話してあった。現同居人には早めに伝えねばと思い、親に許可を取る前に言ったのだが、そのときも「ふーん」ですまされた。

曰く「そうなると思ってた」そうだ。

俊樹は反対も文句も言わなかったが、一つだけ条件を出した。それはいま二人で住んでいるマンションを、俊樹一人でも使えるように計らうことだった。当然これは凜一人でなんとかなる問題ではない。住んでもいない部屋のために両親に家賃を払わせることになるからだ。

結果として、凜の部屋はそのままということになった。なにかあったときにはすぐに戻れるように現状維持をしてくれることにしたのだ。姉の口添えだった。なにか、という部分に少しばかり思うところはあったものの、凜にとっては願ったりなので、よろしくお願いしますと頭を下げてきた。

「まぁ、かえってラッキーだったかな。自由気ままに生活出来るし、叔父《おじ》さんたちがハウスキーパーの手配もしてくれたし」

俊樹は満足そうだった。凜が迷惑をかけるという理由で、両親はこのマンションに週一回のハウスキーパーを派遣することにしたのだ。凜の部屋を俊樹に掃除させるわけにはいかない、というのが理由で、ついでに全体も掃除してもらおうという話になったのだった。

「というわけだから、ケンカしたらいつでも来ていいから」

「……しないし」

ようするに「実家に帰らせてもらいます」といった状況になったときのため、凜の部屋は残されるようだ。もちろん想定されるケースはそれだけではないのだろう。すでに一度、近いことをやらかしている身なので、絶対ないとは言い切れない凜だった。

「で？　引っ越し準備はいいのか？」

「あ……うん、とりあえず服とか大学関係のものだけ持ってく。後は宅配」

送る荷物はダンボール数個ですむ算段だ。服は夏のものはまだこちらに置いておこうと考えている。

物置をあさると去年の引っ越しの際に使ったダンボールがいくつか出てきたので、それに服をはじめとして服飾品や、ここ数日は使わないテキストやノートを詰めていく。今日のうちに集荷してもらえば十分に間に合うはずだ。

当然俊樹は手伝ってくれず、凜は三時間ほどかけて荷造りをしたのだった。

後期試験も近いというのに、勇成は学業以外——リクハルドとしての活動でなにかと忙しそうだ。

年末に発売された勇成の父・ＲＹＵＥＩのＣＤが、同時発売されたアメリカやヨーロッパで高評価を得て、ジャケットを描いたリクハルドも以前に増して話題となったせいだ。もちろん表に引っ張り出されるわけではないが、エージェントを通しての取材や依頼などに追われている。

「時間が足りねぇ。こんなの初めてだ」

大学のカフェテリアで勇成はしみじみと呟いた。仕事のせいで二人だけの時間が若干減ったので、埋め合わせるように大学でもランチは一緒に取ることにしているのだ。

勇成にとって、時間は常に余っているものだ。人によって睡眠時間は違うだろうが、確実に人より活動出来る時間は長い上、最近まで絵を描くということはあくまで趣味だった。仕事を始めてからも、彼の感覚としては趣味の延長であり、描きたいときに描くというスタンスを通してきた。

それがここ最近、崩れたのだった。

「でも前から、僕が寝てるあいだに描いてたよね？」

「まぁな……」

勇成はどこか歯切れが悪かった。嘘ではないようだが、なにか含みがあった。

凜はじっと見つめることで話を促す。勇成は嘘をつかない人間だし、隠しごともしたくないらしいので、すぐに嘆息しながら苦笑した。

「眠ってるおまえを眺めたりイタズラすんのが好きだったんだよ。最近その時間が減った」

「は？」

「寝てるときも触ると反応して可愛いからな」

「ちょっ……」

顔に血が上りそうになるのを俯《うつむ》くことでごまかして、さりげなく周囲を窺《うかが》った。ざわめくカフェテリアなので勇成の声は第三者の耳にまで届いていなかったようだが、凜は抗議の意味を込めて睨《にら》み付けた。

「人が寝てるときになにやってんの。それと、こんなとこで話すなってば」

「聞こえないように言ったぞ」

「前半はスルー？」

「反省も後悔もしてねぇからな」

涼しい顔で言い切り、冷めたコーヒーを飲むその姿は、見慣れたいまでもやはり格好いいと思ってしまった。

本当にいちいち様になる男だ。

「っていうか、僕の寝顔見てたんだ？　よく飽きないね」

勇成と寝るようになってから半年ほどとはいえ、寝る頻度はかなり高かったはずだ。毎回ではないにしても、いまさら成長して変わるわけでもない顔など見続けていて、なにが楽しいのか理解出来ない。

勇成はふっと笑った。

「飽きねぇな。創作意欲も湧くし」

「あー……それは、いいことかも……」

道理でスケッチブックの消費が激しいわけだ。滅多に中身は見ないが、新しいスケッチブックに変わったときは気付くことも多いので、意欲的だな……とは思っていたのだ。

「もうすぐ目処《めど》がつくはずなんだけどな」

「試験もあるしね」

「最中に満月もあるぞ」

勇成はにやりと口の端を上げ、ひどく艶《つや》っぽい顔をした。完全にオスの顔だし、野獣感に充《み》ち満ちている。フェロモンが垂れ流しと言ってもいい。

彼——というより、彼の血族の特異体質というのは、普段まったく眠ることなく生きられるというものだ。眠らないことによる健康への支障はいっさいないので、普通の人の何倍も活動出来るメリットがあるのだが、代わりに新月のときは月の出から二十四時間にわたって死んだように眠り続けるのだ。

そして満月のときはいろいろな意味で活性化してしまい、疲れ知らずだしケガもあっという間に治ってしまうし、ある欲求が暴走してしまう。欲求というのは性的な意味で、かつての勇成はそのせいで不名誉な噂《うわさ》をいろいろと立てられていた。もっとも根も葉もない噂ではなく、事実そのままだったが。

「二十四時間耐久はダメだからね」

いったんは怯《ひる》んだものの、凛はきっぱりと返した。

そう、満月のときの勇成はほぼ必ずといっていいほど凛を抱き続けるのだ。比喩でもなんでもなく、本当に丸一日だ。凛が泣こうが懇願しようが意識を飛ばそうが、止まることなく貪《むさぼ》り続ける。

死ぬと思ったことは何度かあった。気持ちいいを遥かに通り越して拷問じゃないか、と思ったことも。

それでも凛は勇成に付き合えているのだ。普通ならば身体がどうにかなってしまうはずだが、凛は耐えられている。

凛の――というよりもルース家の人間に現れる体質のおかげだ。疲労は溜まるそばから回復していき、延々と責められ続ける場所は痛みに変わったり傷になったりする前に治っていく。意識を失うことはあるが、ダメージが残るようなことはないのだ。

特異体質の勇成にとって凛は理想的なパートナーだった。

「でも今回はフルタイムなしだよ？　試験は受けるからね」

「わかってるって。夜はいいんだろ？」

「二時までに寝かせてくれたら……」

凜にとってはギリギリの妥協案だ。これ以上遅くなると、試験の出来に関わってくる。追試験や単位を落とすことはどうしても嫌だった。

勇成は不満そうにしながらも了承の意を示した。凜が単位を落としたり追試を受けたりすれば、それだけ一緒に過ごす時間が減るということは理解しているのだ。

「……それ、試験対策か？」

「うん。コピーしてもらった」

愛想のいい凜には友達も多い。嘘がわかってしまうから、なかなか心から友達と思える相手は出来ないのだが、凜を友達扱いしてくれる相手は大勢いる。その中に過去の出題傾向をまとめたものを入手した者がおり、快くコピーをくれたのだ。

「余裕なんだろ？」

「まぁ……一応ね。寝不足で思考停止してなきゃ大丈夫かな」

「寝不足でどうこうなる体質じゃねぇだろ」

そうなのだ。あらゆるダメージを即座に回復するこの身体は、睡眠不足による影響すらものともしない。それでもさまざまな効率は落ちる……ような気がした。

「だからってギリギリまでやるとか言うのはなしだからね」

勇成の言い出しそうなことなど容易に想像できる。本当は丸一日セックスをする必要などないのは以前勇成自身が言っていたし、事実そうなのだ。気持ちが伴わず、ただ性欲を満たすためにしていたときは、相手が一人では到底体力的に相手がもたず、何人もの相手を渡り歩く必要があったらしいが、凜の場合はかなり少ない段階――常識的な時間と回数で十分に満たされるという。

なのに勇成はいつも丸一日凜を離さない。満月の影響ではなく、したいからするのだと言っていた。本気で拒めば勇成もやめるのだろうが、つらいと思いながらも凜も勇成に離して欲しくないと思ってしまうようで、結局は月に一度ほど、人にはとても言えないような爛《ただ》れた過ごし方をしてしまうのだった。

思い出して赤くなりそうな顔を隠すため、凜は頬杖《ほおづえ》をついてコピーを見つめた。

カフェテリアは昼のピークを過ぎて学生の姿が減ってきている。そんななか、賑《にぎ》やかな集団が遅めのランチを取ろうと席に座った。男女二人ずつで、派手でも地味でもないきわめて一般的な学生たちだった。

「ねーねー、さっきの見せて」

「いいけど汚すなよ」

ねだられた男が渋々出したのは、一枚のＣＤだった。背中を向ける形の勇成からは見えていないが、凛はちらりと見てしまった。ものの弾みだ。興味があったわけではない。だが目に飛び込んできたCDを見て、ぎょっとしてしまう。

遠目にだってわかるそれは、勇成の父親のアルバムだ。そしてジャケットは凛をモデルにしたものだった。

「うわーん、やっぱきれいーっ」

「この肩胛骨《けんこうこつ》のあたりがいいねぇ」

「いやいや、首から肩のラインでしょ。妖精さん可愛い、儚《はかな》い」

女性二人が鼻息も荒く感想を口にした途端に、勇成はぴくりと反応した。たったそれだけのキーワードで、なにについて話しているのか察したのだ。

「それって女？　男？」

「え、ふつーに女だと思ってたけど」

「妖精なんだから性別ないんじゃない？」

「バカ、そりゃ天使だろ」

「あ、そうか」

「あたしは男の子だと思ってる」

「マジか。ヤベェ、俺も肩とかたまらんって思っちゃってた……」

「いやぁっ、危ない道に……！」

ドッと笑いが起きるなか、凜は冷や汗が出そうになっていた。

ジャケットの絵はあくまで絵だ。モデルは凜でも、勇成が描き出したものだ。当然凜の背中には羽なんてないし、実物よりも儚げで幻想的になっているのは事実だ。

だがアーネストのように、似ていると思う者がこの先いないとは限らない。服の上からどうしてそう思えたのかは、いまでも謎だが。

「んー、中学生くらいの男の子がモデルって説が強いみたいだよ。肩の感じとかで」

中学生という言葉に、凜は少なからずショックを受けた。実際にはもう大学生なのに、今年は二十歳《はたち》になるというのに、中学生なみの身体だと言われたのだ。

その上、

「あー男の体格じゃねーよな」

「瘦《や》せた女の子もありじゃない？」

「うんうん」

さらに屈辱的な会話を聞かされて視線が遠くなった。さすがに女の子はない、と思った。男の体格じゃないというのは、おそらく成人男性の身体ではないという意味だからギリギリ許容出来るが、性別を間違うのはどうなのか。

デフォルメはしていない、と勇成は以前言い切った。髪を少し伸ばしたり羽根をつけたりはしたが、ラインはそのままだ、と。

少し悲しくなってきた凜だった。

「なんとなくアジア人っぽいよね。顔はほとんど見えないけど」

「これ描いた人も日本人らしいもんね」

「えっ、外国人じゃないの？」

「うん。名前も年も公表してないけど、最初の作品がＲＹＵＥＩのお父さんの小説だし、日本人だろうって」

「へー」

耳を傾けながら、凜はちらりと勇成を見た。その表情からはなにも読み取れず、まるでまったく興味がないかのようだ。

「自分とかお父さんの話なのに、ドキドキしないんだ？」

「別に。ああ、親父《おやじ》で思い出したけど、なんかあいつ、凜に会いたがってんだよな」

「え？」

「会う必要ねぇけどな」

むしろ会わせたくない、という心の声が凜には聞こえた。理由はわからないが、父親の希望をこうして伝えたからには、どうしても嫌だというわけではないのだろう。出来れば会わせたくない、という程度なのだ。

しかしながら凜の意識は逆だった。

「僕は会いたいよ」

せっかく会いたいと言ってくれているのだから、凜としてもぜひ会って話してみたい。キラキラした目で見つめると、勇成はふうと小さく息を吐いた。

「……帰国したら聞いてみる」

「うん」

勇成の父親は現在拠点を海外に移して活動しているのだ。ロンドンだと聞いたことがある。親子間の連絡はそう頻繁ではないようで、同じく海外暮らしの祖父とも、たまにしか話さないし、会わないという。ちなみに父親と祖父は別々の場所で、それぞれ恋人を作ったり作らなかったりしながら自由気ままに生きているようだ。

「ちょっと怖いけど、楽しみ。でもなんで？　僕の話、したんだ？」

「一応、一緒に暮らすってことは言っておかねぇとな。いきなり来られても困るし」

「あ、そっか。もちろん本当のことは言ってないんだよね？」

「まだな」

いずれ凜との関係を打ち明けるような口振りだが、凜はどちらでもいいと思っていた。誰もが受け入れてくれるような関係ではないのだから、あやしまれもしないうちに自分たちから言うことはないと思っていた。もちろん判断は勇成に任せるつもりだ。父親のことは、息子がよく知っているだろう。

「帰国予定とかあるの？」

「確か桜見に帰ってくるようなことは言ってたな……たぶん」

なかなか風情のある帰国理由だが、本気なのか冗談なのかはわからなかった。


後期試験も無事に終わり、凜はすべての教科で問題なく単位を取ることが出来た。勇成も同様だった。

浮かれ気分のまま食料品を買い込んで帰宅し、久しぶりに食事の支度《したく》をした。試験中はデリバリーや買ってきた総菜や弁当ですませていたからだ。

下ごしらえを終え、簡単に部屋の掃除をしていく。ここは1LDKだが、本来寝室に使われるはずのところは勇成の仕事部屋になっており、ベッドがリビングの片隅に置かれているという、少しばかり変わったレイアウトとなっていた。凜がここで暮らすようになったからといって大きく変わったところはない。ここに入り浸るようになった段階で、かつてはなかったソファやダイニングセットを購入していたからだ。ベッドも最初からあったものを一緒に使っている。別々に寝る意味は二人にとってまったくなかった。

掃除が終わった頃、勇成が帰宅した。

「シュークリーム買ってきた。食うか？」

「うん！　コーヒー入れるね」

箱を見て、近くの洋菓子店のものだと頷く。このマンションは商業ビルと隣接していて、さまざまな飲食店がテナントに入っているのだ。

入れたコーヒーを飲みながら、ソファでシュークリームをほおばった。皮はカリカリしていて、なかのカスタードは甘さ控えめだが濃厚で風味もいい。

ご機嫌で食べていると、早くも食べ終えた勇成がカレンダーを眺めながら言った。

「春休み、旅行しねぇか」

「あ、うん。いいね、どのへん？」

年末年始はルキニアにある湖畔《こはん》の別荘で過ごした凜たちだが、あれは旅行とは言いがたい。そもそも別荘に籠もりきりだった。

「まだ考えてねぇけど、まぁ三日か、四日くらいで。三月に入ってからだな」

「わかった。短期のバイト探そう……」

夏の旅行のときは勇成に押し切られて全額出してもらうことになってしまったが、今度はそうしたくなかった。プライドなんてものではなく、ただひたすら気が引けるからだ。シュークリームとはわけが違う。

だが勇成は不満そうな顔をした。

「またモデルやってくれりゃいい」

「えー……や、モデルになるのはいいよ。それはいいんだけど……それだけで旅費チャラとかは、ダメだよ」

「絵のモデルに金払うのは当然だろ？」

「それはそうかもしれないけど……」

押し切られそうな気配を感じ、凜は踏ん張ってみる。普段から勇成はなにかと負担をしたがり、特に金銭面では徹底して凜に財布を出させまいとする。確かに勇成はすでに仕事をしているし収入も凜とは比べものにならないだろう。年は一つ違いだが、まったく立場が違う。だからといって甘える一方なのはどうかと自分でも思うのだ。

「いろいろ依頼も入ったしな」

「全部、勇成の才能じゃん」

「おまえのおかげでインスパイアされんだよ。功労者だろ。それにまたスケッチ旅行だ。経費で落ちる」

納得しきれないものの、勇成を説き伏せるだけの言葉を持っていないのは確かだった。溜め息をついて、凜は黙り込んだ。

それから乞《こ》われるままスケッチに協力していると、ふと思い出したように勇成は言った。

「前のモデル料、もっと色つけていいくらいなんだぞ」

「そうなの？」

「最初の妖精のやつ、購入希望者が何人か出てんだよ」

「え、売んの？」

「いや、断った。ほかのはともかく、凜をモデルにしたやつは売らねぇよ」

「そ……そうなんだ……」

気恥ずかしくて嬉しくて、凜は目を泳がせた。言った本人は視線をスケッチブックに向けたままだ。

モデルにしていると言いながらも、彼の場合はこんなふうに手元に目をやっていることのほうが多いのだ。

「複製や画集はともかく、何千万積まれたってオリジナルは売らねぇよ」

「は？　あ……ああ、たとえか」

「いや、五千万って言われた」

「マジで！」

途方もない金額に声が裏返りかけたというのに、勇成のほうは涼しい顔だった。

勇成が——リクハルドが高い評価を受けているらしい、というのは知っていた。ときどき俊樹が教えてくれたり、仕事の話を本人から聞くからだ。だが実際に一枚の絵の値段が、家を買えるような金額だとは知らなかった。

「……絵の相場って、よくわかんないんだけど……」

「ピンキリとしか言いようがねぇな。値の付かないようなものから、何億もするようなものまであるからな」

「で、でも五千万ってすごくない……？」

「現代アートってやつは、俺にもよくわかんねぇよ。はっきりしてんのは、欲しいってやつらがいて、そいつらが価値を決めてるってことくらいだな。ま、大抵のものはそうだろうけどな」

凜の感覚では、何億もするような絵といえばゴッホやピカソといった誰でも知っているような画家のものというイメージだったが、凜が聞いたこともないような現代アート作品にも億単位の金額が付くことはあるようだ。

「どういう人が欲しがったんだろ」

「さぁな。向こうもエージェント通して来てるし、交渉段階で名前を明かすって言ってたらしいし。俺としては今度の天使バージョンのほうが、自信作なんだけどな」

「天使はないよね……」

妖精も大概だったが、天使はもっとない、と凜は思う。すでに完成した絵を見たが、今度も儚げで美しく幻想的で、しかもどこか神々《こうごう》しかった。

誰だこれ、と思ったし、実際に口も出した。当然のように「凜に決まってるだろ」と言われて乾いた笑いがもれた。

やはり勇成の目には特殊なフィルターがかかっているとしか思えない。

「今度は蝶《ちょう》の羽をつけてみようかと」

「はい？」

「蜘蛛《くも》の巣にかかってる感じで。ちょっとエロくていいだろ」

「う……うーん……」

それは単に捕食されるだけではないのだろうか。エロではなく、グロではないだろうか。

ふとそう思った。

「路線がいままでと違うんじゃ？」

「次のアルバムが、そういうイメージなんだとさ。マイナーコードで、ちょいゴシック入った感じ」

勇成は手元にあった音楽プレイヤーを操作し、それから音を外に流した。

カトリックの教会で演奏されていそうな荘厳さと、エキゾチックな民族音楽的メロディのあわせ技だった。

「なんだろう……最終的にファンタジーっぽくなってる」

「ぴったりだろ？」

勇成はさらさらと描いたイメージ画を「こんな感じで」と言いながら見せた。蜘蛛の巣に囚《とら》われた人物は過去作同様に背中を向けてはいるが、身を捩《よじ》るようにしているのがこれまでとは違う。今回は腰《こし》あたりまで見える構図で、羽によって身体のラインは隠れているものの、女性的でないのはわかった。

「と……倒錯的……」

「今回は凜のエロさをチラ見せする」

「なに言ってんのかな勇成は！」

凜にしてみれば、エロいのは勇成であって自分ではない。これはなにを言われても覆《くつがえ》せない事実だった。

「絶対下品にならないように描くから安心しろよ」

「……そこは心配してない」

「そうか」

「にしても、五千万って……」

溜め息しか出ないとはこのことだ。時給千円の短期アルバイトを狙っていた凜からすれば、途方もない話だった。

（これが格差ってやつ……？）

勇成は特別な存在なのだ。容姿や頭のよさだけでなく、才能という大きなものがある。対して凜は、少しばかり容姿がいいだけの普通の大学生だ。ルース一族の特性はあるが、それは誇れるようなものではない。

（おかげで満月の勇成には付き合えるけど……）

勇成は喜んでくれているが、あまりにも悲しい取り柄だ。少し凹《へこ》んできて、遠い目をしてしまった。

描くことに夢中になっている勇成が手元ばかり見ていることを感謝した。

（僕に出来ること……出来ること……）

考えてみても、突出したものはなにもなかった。特技らしいものがなにもないのだ。ついでに趣味もない。

（……とりあえず、家事頑張ろう……）

凜が学業以外で出来ることと言えば家事くらいだ。勇成のために凜が出来るのはそれくらいしかないと思った。


凜の生活範囲は、勇成と住んでいるマンションと大学、その二つを結ぶラインにほぼ限られている。

通学時間はきわめて短い。玄関を出て五分で大学に着いてしまうのだ。もちろん授業を受ける教室によっては、もう少しかかることもあるが。

とにかく行動範囲が狭いという自覚はあるものの、勇成も似たり寄ったりで、二人とも特に不自由も感じていなかった。たまに本来の自分の部屋に戻ることがあったり、勇成と二人で出かけたりするくらいだった。大きな変化もない毎日だ。家と大学を一日に一往復して、帰りがけに買いものをするか待ちあわせてどこかへ食事に行くか。

だからいつものように帰ろうとしてキャンパスを出た途端、見知った顔が目の前に立ちふさがるとは思ってもみなかった。

「ちょっと顔貸してくれる？」

その口から日本語が出たことに凛は目を瞠《みは》った。

「シ……リル……さん？」

「僕じゃなかったら誰に見えるっていうの？　目悪いの？　それともバカなの？」

彼の日本語は少しばかりアクセントに違和感はあるものの、非常に流ちょうだ。しかも顔を貸す、などという言葉まで覚えて。

だが英語だろうが日本語だろうが言葉に棘《とげ》があるのは変わらなかった。

どうして彼がここにいるのだろうか。あれから一ヵ月と少ししかたっていないというのに、彼はどうやって日本語を習得したのだろうか。

相変わらずシリルは美しく、道行く人が次々と見ていく。そして正門のすぐ前で向かいあっているために、凜たちは非常に目立っていた。

「あー、っと……場所変えよう。せめて人通りの少ないとこに」

「なんで？」

「目立つじゃん。そっちは旅先だからどうでもいいだろうけど、僕はここの学生なんだよ。悪目立ちしたくない」

「十分もう目立ってるって報告だったけど？」

「え……」

報告という言葉にぎくりとした。そうだ、シリルがここに現れたというのは、凜のことを調べたという意味だ。

非常に気分が悪くなって、我知らず顔をしかめていた。

「まぁ、いいよ。ちょっと移動しようか。わざわざ店に入るほどじゃないし、あそこらへんでいいけど」

指し示したのは、大学前の道路にかかる歩道橋の下だった。いつもなら自転車が何台か停まっているのだが、強制撤去されたばかりなのか今日はすっきりしている。確かにそこならば死角になるし、駅とは逆方向なので少しは学生の数も少ないだろう。もちろん目撃者がゼロになるわけではないが。

「……わかった」

無視するという選択肢はなかった。シリルがどこまで自分たちのことを知っているのか、確かめなくては怖くて仕方ないからだ。

「留学することになったから」

「に……日本に？」

「当然でしょ。だから日本語覚えたんだし」

バカじゃないの、と続けられて、凛の機嫌は下降線を辿る。当たり前だ。凛は短気ではないが、なにを言われても笑って流せるほど人間は出来ていない。シリルは会ったときからこの態度なのだ。凛としてはキレないようにするので精一杯だった。

「もともとJ－POPも聞いてたし、楽勝だったよ」

「……すごいね」

心底すごいとは思ったが、口に出したら自分でも驚くほど棒読みになった。不機嫌は顔にも出ていたが、シリルは気にした様子もなかった。

「ヴァルト家の人間はこんなものだから。ルース家みたいな『祝福』はないし、実力ないと認められないし」

「うちのことバカにしてる？」

「事実でしょ。奇跡のルース家は有名だからね。栄光も幸福も、ルース家の血を引いていれば無条件に与えられるんだもんね」

黙ってそれを聞きながら、ルキニア国内ではそんな話として知れ渡っているらしいと知った。凛は実情しか知らず、ルース家がどう認識されているかまでは知らなかったのだ。

正直、母方の実家に興味なんてなかった。勇成に出会うまで、むしろそれを疎ましく思っていた。けれど正面切って赤の他人に侮蔑されたらやはり腹立たしく思うものらしい。

「うちの親戚は十分優秀だし、そもそも祝福とか……本気で信じてんの？」

シリルの言葉からは、ルキニア国内でどの程度真実として認識されているかまではわからなかった。そもそもルース家の祝福について、シリルは伝聞でしか知らないからだ。

だがシリルは疑っていないようだ。アメリカ人だと聞いていたが、やはりルキニアの思想に染まっているのだろうか。あの国はやはり変だな、と思っていると、考えていることが顔に出たのか、シリルが柳眉《りゅうび》を吊り上げた。

「なんでおまえなんかに馬鹿にされなきゃいけないんだ」

「え、いや……逆に僕がそれ言いたいんだけど」

ぽろりと口にすると、ますますシリルは怖い顔になった。なまじ顔が美しいので、怒ると迫力があった。

だが凛は冷静に、内心溜め息をつく。

いまのは怒るところじゃないだろう。沸点が低いのか、凛のことをよほど下に見ているのか、その両方か。

とにかくこの際だから、言いたいことは言ってしまえと思った。

「初対面のときからシリルってとにかく失礼だけど、常識ないの？」

「どっちが失礼なんだよ」

「客観的に見てそっち。黙ってれば大人っぽいのに、口開くと子供みたいだよね」

「言っとくけど、おまえだけだから」

「ああ、僕が嫌いなんだ？　理由は僕がルース一族だから？」

「不相応の立場にいるからさ」

ふんと鼻を鳴らし、シリルは目を細める。相変わらず攻撃的な態度に凜はうんざりとしたし、それを隠しもしなかった。

「どういう意味？」

「おまえなんて勇成に相応しくないって言ってるんだよ。ちょっと可愛い顔してるだけで、なんの取り柄もないじゃないか。頭だってそこそこいい程度でしょ。これといって能力もないみたいだし」

それは事実だと思った。ここ最近ずっと気にしていたことで、自覚はというならば嫌というほどにある。

あらためて他人から言葉で突きつけられ、凜は返す言葉もなく立ち尽くした。

表情がなくなっているのに気付いたのか、シリルが怪訝《けげん》そうな顔をした。

「ねぇ、ちょっと……」

「シリル！」

鋭さを含んだ声に、シリルはビクッと身を震わせた。

路肩に停まった車からアーネストが降り、長い脚でガードレールを跨《また》いで近付いてくる。

凜はそれをぼんやりと見ていたが、シリルはどこかびくびくしていた。

「勝手に行くなと言っただろう」

「僕は大学の下見に来ただけだし、そんなことまでアーネストに指図される覚えはないよ。だいたいアーネストは忙しいんじゃなかったの？」

どこか拗《す》ねたようにも思える視線を送るシリルに対し、アーネストの目にはあまり温度が感じられなかった。冷たくはない。だが親しみのようなものは含まれていないようだ。

従兄弟同士、仲がいいのだと思い込んでいたが、そうでもないのだろうか。

「おまえは黙っていなさい」

「わかった」

シリルはふて腐れて横を向き、アーネストは凜に向き直った。乗ってきた車は停車したままだった。

「シリルが申し訳なかったね。またなにか失礼なことを言ったんだろう？」

「……アーネストさんも来てたんですね」

凛は視線を落とし、直接アーネストの顔を見ないようにした。普段ならまっすぐ相手の目を見て話すのだが、気分的にどうしても視線が落ちてしまう。

アーネストは気にならない様子だった。あるいは凛の様子に気付いていないのかもしれない。むしろシリルのほうがちらちらと凛を見て、なにかを探ろうとしていた。

「ああ、わたしは仕事でね。まぁ、シリルのお目付役でもあるんだが……役目を果たせなくて本当に申し訳なかった」

凛は苦笑するだけの返事をした。とてもじゃないが「いいですよ」なんて言える気分ではなかった。

だがアーネストの謝意は本当のようだ。

「……あの、それで僕になにか？」

「ああ、そうなんだよ。笠原勇成に会いたいんだが、あいだに入ってくれないか？」

「はい？」

「実は君たちのことを少し調べさせてもらってね。いや、勝手なことをして申し訳ないとは思うんだが、どうしても気になったものだから」

「なにがどう気になったんですか」

「彼のルーツについて……と言ったら、わかるかな？　なにか聞いてる？」

凛ははっとしてアーネストを見上げた。アーネストはもちろん、シリルも黙ってこちらを見つめていた。

迂闊《うかつ》に返事をしていいことではない。だが、いまの反応である程度はわかってしまったことだろう。

どうしたものか。黙っていると、アーネストはふっと笑った。

「こちらのカードは提示しておくよ。おそらく、わたしたちの曾祖父と彼の曾祖父は兄弟だ。リクハルド……というのは曾祖父の名前だろう？　そしてアーティストのリクハルドの正体は笠原勇成。そこまで我々はつかんでいるよ」

「そ……うですか……」

「証拠になるかどうかはわからないけれど……」

そう言ってアーネストは写真を凜に見せた。白黒の古いもので、二十代前半と思われる青が並んで写っていた。年はそう変わらないように見え、そっくりとまでは言わないにしてもよく似ていた。

向かって左側の青年は、どこか勇成を思い出させる顔立ちだった。当の勇成は日本人に近い顔立ちなのに、どこか似ているのだ。

「右がわたしたちの曾祖父で、左が勇成の曾祖父だ」

アーネストの言葉に嘘はなかった。血の繋がりがあることは本当なのだ。少なくともそういった調査報告が上がってきて、彼はそれを信じている。

（あれ……父方……）

勇成のあの体質は男子に受け継がれるものだと聞いた。というより勇成の家系は男子しか生まれていないと言っていた。

「あの、もしかしてアーネストさんたちの家系って……その、父方のですけど、男しか生まれないとかいうことは……？」

「そう、その通りだよ。ああ、やっぱりそうなんだね。もしかして勇成は変わった体質だったりしない？」

「……アーネストさんたちは、そうなんですか？」

返事の代わりに質問を返すのはよくないとわかっているが、自分のことではないから簡単なことは言えない。

凜はアーネストの返事を待った。たとえば曖昧《あいまい》な笑みなどで流されてしまえばお手上げだが、言葉にしてなにか答えてくれれば真偽はわかるのだ。

「そうだよ。少し、変わった体質だ」

本当のことをアーネストは口にした。いくら凜やルース家のことを調べても、発言の真偽がわかるのは凜固有のものであるから、外部の人間にわかるはずもない。ルース一族のなかでも知っているのは凜の家族と、当主である伯母、そして先代当主の祖母くらいなのだから。

「月が深く関係してる」

「……そうですか……」

「心当たりがありそうだね。まぁ、曾祖父が弟もそうだったと言っていたらしいから、受け継いでいるだろうとは思っていたよ。それで、満月の日、君はどうしているのかな？」

質問の意味は聞き返すまでもなかったが、おいそれと答えられるものでもない。黙っていたら、シリルが割り込んできた。

「はっきり言えば？　勇成の相手、ちゃんと務まってるの？　僕とアーネストみたいに、同じ体質同士じゃなきゃ無理でしょ？」

「え……？」

思わず目を瞠ってしまったのは当然だ。いまシリルは聞き捨てならないことを言ったのだから。

同じ体質同士――。つまり彼らは満月の日にセックスしているという意味だ。

従兄弟同士なのだから近親相姦《そうかん》には当たらないが、彼らからそんな空気は感じられなかったから、ひどく戸惑った。いや、いまだからそう思えるが、シリルには少し感じるところもあったかもしれない。

アーネストは顔をしかめ、いまにも舌打ちしそうな顔で溜め息をついた。

「身体だけの関係だよ。必要に迫られて……ね」

「そうだよ。一番安全だから寝てるだけ。でも選択肢が別にあるっていうなら、そっちも試してみたいじゃない？　勇成とも寝てみたいんだよね」

二人の言い分に凜は言葉を失った。

アーネストの言葉は本心だが、シリルは一部だけがそうだったからだ。思わず凜はシリルを見つめてしまう。

「なに？　言いたいことがあるなら言えば？」

突っかかってこようとしたシリルを、アーネストは顔をしかめて見やった。

「おまえは先に乗っていなさい」

「どうして……」

「シリル」

強い調子で言われたシリルは、なにか反論しようとしていた口を閉じ、おとなしくアーネストが乗ってきた車に乗り込んだ。タクシーではなくハイヤーだった。もちろん車はその場に停まったままアーネストを待っている。

「連絡先を渡しておくよ。シリルはともかく、わたしは勇成と寝ようとは思っていないよ。好みじゃないからね。むしろ興味があるのは君だな」

押しつけるようにしてカードを渡された。触れた手にビクッとしたのは、興味があると言われたせいだ。

「……一応、聞いてみます」

「ありがとう。リクハルドに面会を申し入れたんだが、断られてしまってね。エージェントに遠い親戚だ、なんて言うのもどうかと思って。君に断られたらやるつもりだけどね」

「ちゃんと伝えます。でも会うかどうかは勇成が決めるので」

「もちろんだよ。急にすまなかったね。じゃあまた」

アーネストは軽く手を上げ、車に乗り込んですぐ去っていった。車列に紛れ、すぐにハイヤーは見えなくなった。

完全に見えなくなっても凜はその場に佇《たたず》んでいた。

（アーネストの言ったことに嘘はなかった……けど、シリルは……）

凜には理解出来ないことがいくつもあった。男同士だとか従兄弟だとか、そんなことはどうでもいい。勇成と同じ体質ならば、満月の日の衝動を抑えられず、従兄弟同士で……というのも納得出来る。だがアーネストは凜に興味——間違いなく性的な意味での興味——があり、シリルもまた勇成に同様の興味があるという。

「考えてもしょうがないか……帰ろ……」

凜はまっすぐに帰宅したが、念のためにルートは違うものにした。隣接した商業ビルに入り、中を抜けて住人専用の入り口からマンションに入ったのだ。もちろん背後には気を配った。本人たちが帰ったからといって、雇った人間が凜を付けてこないとも限らないからだ。無用の心配だとは思うが、一応は気をつけた。

「ただいまぁ……」

勇成は今日ずっと家で仕事をすると言っていた。帰宅の挨拶はしたものの、部屋に籠もっている勇成には聞こえまいと思っていたのだが、凜がベッドに身体を投げ出していたら、間もなくして勇成が部屋から出てきた。

「どうした？」

ぐったりとした凜を見て勇成は眉根《まゆね》を寄せた。

「んー……ちょっと精神的に疲れたというか。結論から言うと、勇成のひいお祖父《じい》さんとアーネストたちのひいお祖父さんって兄弟だったよ」

「……は？」

「さっきね、大学出たとこであの二人に声かけられて。なんかシリルは留学するとか言ってたし、アーネストは仕事らしくて」

「どういうことだ？　なにもされなかっただろうな」

普段よりも声が低い。アーネストたちが凜に接触したこと自体が気に入らないのだ。親戚だという話はどうでもよさそうだった。

勇成はベッドに腰かけ、凜をじっと見つめる。真剣な顔だった。

「それは大丈夫。道端だったし。えっと、それでアーネストが会いたいみたいで」

「必要ねぇだろ」

「や、でも……」

「理由がない。いまさら親戚付き合いしようなんて考えじゃないだろうし……いや、待て。兄弟ってことは……」

「うん。勇成と同じ体質だって。それで……二人は満月のとき寝てる、みたい……」

「へぇ」

ひどくそっけない態度だった。興味はまったくないらしく、勇成からそれ以上なにか言う気はなさそうだ。

「エージェント通して面会申し込んだって言ってたよ。僕から話してコンタクト取れないようだったら、もう一回言うって」

「来てたのは知ってるし、何度来られても同じだ」

「でも、せっかく親戚がいるってわかったのに……それに、たぶん同じ体質だよ？　相談出来るかもしれないよ？」

まったく同じかどうかは不明だが、勇成の体質が父親や祖父と同じことは確認ずみだ。ならばアーネストたちも同じ可能性が高い。そして勇成は、少なくとも出会った頃は自らの体質を厭《いと》うているような雰囲気があった。

「体質については、とっくに俺のなかで解決してるよ。凜がいれば俺は満たされるし、学生じゃなくなれば月イチで寝込んでも特に困らねぇだろ。どっかに勤めるってならともかく、俺は画家として生きてく決心もしたし」

「うん……」

「だから関わる必要はねぇんだよ」

そう結論づけてから勇成は少し黙り込み、寝そべったままの凛の髪をただ撫《な》でた。なにか考えているのは間違いなさそうだった。

「勇成？」

「気をつけろよ」

「なにが？」

「あいつ……アーネストってやつ、おまえを狙ってるだろ。たぶん、あの絵のモデルが凛だってことにも気付いてるだろうしな」

そもそも後ろ姿が似ていると言って声をかけてきたのだ。そうでなければ誰かに紹介されることもなく、関わることさえなかっただろう。先に勇成が彼らと話してはいたから、シリルが執念で勇成の居所を突き止めた可能性は否定出来ないが、そこまでの情熱があるとは思えないのだ。

そう、シリルが勇成に向ける感情に熱っぽさはない。日本に留学するのも、勇成が原因とは限らない。もともと日本に興味があった彼にとってきっかけくらいにはなったかもしれないが。

「まさかパーティーのときから？」

「いや、たぶんあのときは違うだろ。本当に似てると思っただけじゃないか。その後で俺や凜のことを調べて、わかったって感じだろうな」

「でも今回は絵のこと、なにも言われなかったよ」

「だから余計に気持ち悪いんだ。まぁ警戒されないようにって考えたのかもしれねぇけど。絵とおまえ、どっちが目的かわかんねぇな……両方か」

「あー、でもちょっとした興味って程度だと思うよ。なんていうか、執着みたいなのは感じないんだよね。僕を見る目も、なんていうか……冷静？」

シリル同様にアーネストからも、熱っぽさやギラついた欲望のようなものも感じないのだ。あくまであの絵が主体で、モデルとして凜に興味があるだけかもしれない、とも思う。

だが勇成は納得しなかった。

「うちから大学までなら危ない場所はないと思うが……気をつけろよ」

「わかった」

ようやく勇成は表情をやわらげ、仕事の続きをすると言って部屋に戻っていった。

一人残された部屋で。凜は溜め息をつく。

アーネストのことよりも気になることがあるのだ。もちろんシリルのことだった。彼の真意というものがよくわからない。

（アーネストのこと、好きなわけじゃないのかな……？　でも、あのときの様子……）

シリルとアーネストのあいだに温度差があるのは間違いなさそうだ。少なくともシリルからはアーネストに対する特別な感情が見て取れたが、アーネストのほうが言葉通りだった。だから理解出来ないのはシリルのほうなのだ。

アーネストが好きなのに、勇成とも寝たがっている。もしかすると、アーネストを諦めるために、勇成を求めているのだろうか。

「シリル……きれいだし、頭いいみたいだし……」

性格は少しきつそうだが、それがいいという者だっているだろう。なによりシリルならば、満月のときの勇成にだって付き合える。凛と違い、テクニックだってあるかもしれない。色気も凛よりずっとある。

客観的に考えて、とても勝ち目はないように思えた。勇成がシリルに気持ちを移すとは考えていないが、シリルが言うように、やはり凛では釣り合いが取れないような気がして仕方なかった。


風呂《ふろ》から上がった凛は時計を見て、それから眠る勇成を見つめた。

日に何度か溜め息をつきながら何日かを過ごし、ちょうど昨日の今頃に勇成が眠りにつくのを見届けたのだ。

元気がない理由については、アーネストたちの動向が気になるから、ということにしていて、とりあえず勇成が根掘り葉掘り聞いてくるようなことはない。思うところはあるようだが様子を見ているという感じだろうか。

新月はもうすぐ終わる。正確に言うと、新月の月の出から二十四時間がたつ。

約一月ぶりの長い睡眠から覚めた勇成がすることは、おそらく凜を抱くことだ。だから食事もシャワーもすでにすませた。身に着けているのは丈《たけ》の長いシャツ——スリーパーのみだ。膝上《ひざうえ》くらいまである、パジャマとして売られているものだ。

やがて時間通りに、まるでスイッチが入ったかのように彼は目を開けた。

「おはよう」

すでに夜だというのに、勇成はそんなことを言って起き上がってくる。丸一日眠っていても、目覚めればすぐに動き出せる体質なのだ。

「うん、おはよ。なにか食べる？」

「いい」

起き抜けだというのに、勇成には乱れたところは一つもなかった。眠っているあいだはぴくりとも動かないので髪なども乱れようがないのだ。

「コーヒーだけ飲むわ。ちょっと顔洗ってくる」

「うん」

洗面所へ向かう勇成のために、ドリップ式のコーヒーを入れた。ドリップといっても、一杯ずつパックになったタイプで、一定数買い置きしてあるものだった。自分の飲みものはフルーツ系の炭酸飲料にした。ペットボトルはこのままベッドサイドに置くつもりでいた。

ソファに座った勇成にマグカップを渡し、凜はこの一日の出来事を話していく。これは毎回の習慣のようなものだ。

「大きなニュースはなかったよ。仕事用のケータイにエージェントの人からメールが入ってた。アーネストが商談したいって言ってきてるみたい。親戚だってことも調査報告書付で押してきたみたいだよ」

「商談ね……」

「アメリカで展示会をしないか、ってことみたい。アーネストって向こうの現代アート系協会の会員らしくて」

「へぇ」

気のない返事をして勇成はコーヒーを飲む。カップのハンドルではなく本体を持つのが格好いい、と凜は思う。誰がやっても様になるものではないが、少なくとも勇成は絵になるほど決まっている。

涼しげな表情がまたいいのだ。そう、勇成はどこまでも冷静——というより、心底どうでもよさそうだった。

「興味なさそうだね」

「なんとなく狙いが見えてきたからな」

そのしかめ面《つら》に凜は首を傾げた。

「いまの情報だけで？」

「いや、前からいろいろとな。で、総合的に考えると、たぶん例の絵に五千万出すって言ってきたのはアーネストだ」

「は？　え、そうなの？」

「たぶんな。同じエージェントらしいし、まぁ間違いないだろ」

「じゃあ勇成と個人的にコンタクト取りたいって、最初から狙いは絵だったんだ？　親戚っていうのは口実？」

「でなきゃ熱心に調べたりはしなかっただろうな。そこまで親戚とやらにこだわるタイプには見えねぇし」

確かに、と凜は呟き、考えを巡らせた。

同じ体質の同世代の親類、というくらいで、彼らが勇成に興味を抱くとは思えない。あのパーティーで凜の存在に気付いたからこそ、ある程度の推測を立て、リクハルドの正体に迫ることを目的として調査を命じたのだろう。

なにより彼らは、口でなにを言おうと彼ら二人だけで世界が完結しているような雰囲気がある。お互いしか見えていない、というのとは違うのだが。

「趣味にはずいぶん力を入れるみたいだけどな」

「ああ……留学しちゃうしね」

「パーティーで声かけられたときに、留学しようかどうか迷ってるって言ってたぞ。まさか本当に来るとは思わなかったけどな」

「ふーん」

「あいつの話はもういいだろ。ほかにはないんだな？」

コトリとカップを置く音がした。小さな音だというのに、それはやけにはっきりと凛の耳に入ってきた。

始まりの合図だ。勇成の目が、もうさっきまでとは違っている。

頷いた直後、凛の身体はふわりと宙に浮いていた。相変わらず重さなんて微塵《みじん》も感じていないかのようだった。

そのままベッドに運ばれて、キスで口を塞《ふさ》がれた。

パジャマの裾《すそ》から入り込んだ手が、腿《もも》を撫でながら上がり、腰や腹に優しく触れていく。

「ふ……っ、ん……ん」

鼻から抜ける息さえすでに甘く、凜は自分がキスだけで溶けていくのを感じた。触れられる肌《はだ》も、ときおりびくりと反応を示して、弱いところをあらためて勇成に晒《さら》してしまう。たやすく落ちていく身体だ。もちろん勇成にしか許さないことだった。

やがて唇《くちびる》は名残惜しげに離れ、おとがいを通って喉《のど》へ、それから鎖骨を通って胸へ下りていった。

痕《あと》は付いたそばからいつも薄くなっていく。

凜の体質のせいで、勇成の付ける印はそう長くは残らないのだ。それが少しだけ、お互いに不満だった。

「や……ぁんっ」

ちゅく、と胸を吸われ、凜は濡《ぬ》れた声を上げる。甘いばかりの声は、それからひっきりなしに室内に響いた。

刺激でぷっくりと尖《とが》った乳首を舌先で転がされ、痺《しび》れるような快感が身体を這《は》っていく。

軽く歯を当てられるだけで、腰の奥がじわんと溶けた。

「甘い匂《にお》いがするな」

ふっと笑い、勇成は舌先で乳首をつついた。

「んっ、石けん……変え、た……」

長姉が送ってきた荷物のなかに、ハチミツを原材料に使った石けんが入っていたのだ。香りも甘く、凜の肌からもそれがするのだろう。もちろん味はしない。

「美味《うま》そうだよな」

「うん」

「おまえが」

「え？　あっ、んん……！」

ようやく胸から離れた勇成は、代わりに凜自身を口に含んだ。

凜は仰《の》け反《ぞ》るようにして勇成の頭に手をやり、指先に髪を絡めて声を上げる。

口で愛撫《あいぶ》する一方、濡らした指は最奥を何度も撫で、やがてなかへと進入した。最初の抵抗感は、いつものことだった。

指がゆっくりと動き、最初はあった異物感がなくなるまで馴染んだ頃には、前への愛撫は止まっていた。代わりに指を追うように舌先が凜のなかへと入り込む。

「いやぁ……っ」

ぞくぞくして、肌が粟立《あわだ》った。怖気《おぞけ》にも似たそれは紛れもなく快感であり、口からこぼれていくのは意味のある言葉ではなく、ただの嬌声《きょうせい》だった。

淫猥《いんわい》な音を立て、勇成は凜の後ろを犯した。

前と後ろを同時に責められ、凜は泣きそうになりながら身悶《みもだ》えるばかりだ。後ろを舐《な》められるのは、いつまでたっても気持ちが慣れていかなかった。

どうやら勇成は、そんな半泣きの凛を見るのも好きらしい。彼は基本的にとても優しいが、ときどきサディスティックな部分を垣間見せる。

「もういいか」

聞かせるための独り言を吐いて、勇成はことさらゆっくりと指を引き抜いた。

喪失感を覚えるのはいつものことだった。同時に勇成のものが欲しいという気持ちが強くなる。

凛は自ら脚を抱え上げ、濡れた目で勇成を見つめた。

羞恥心《しゅうちしん》が勝って口に出すのは憚《はばか》られるけれども、これでわかってもらえるはずだ。勇成はそこまで意地悪く焦《じ》らすことはしない。

ふっと笑い、膝にキスをしてから、勇成は凛のなかに入ってきた。

「あぁ、あ……っ……」

何度受け入れても最初は苦しく感じる。痛みをあまり感じないのは、勇成が十分に慣らしてくれるのに加え、凛がコツをつかんで余計な力を入れることもなくなったおかげだ。

最後まで入れると、一呼吸置いてから動き出す。

凛はその時点で、まだ違和感に気付いていなかった。それよりも快楽が勝り、夢中になって腰を揺らしていた。

「んっ、あ……ん、い……い……気持ち、い……っ」

深く突き上げられ、凛は仰け反りながら達した。無意識に勇成の背を抱いていた手が、力を失ってシーツの上に落ちた。

そこでようやく、違和感に気付いた。

力が戻らない。呼吸もそうだ。襲ってくる心地いい疲労感がなかなか消えていかず、そのまま眠ってしまいたくなる。

だがすうっと落ちかけた意識は、勇成によって強引に引き戻された。

「やっ、あぅ……あぁっ」

ガツガツと突き上げられ、凛はシーツに爪《つめ》を立てる。

いつもと同じように感じた。けれどいつもと違って、呼吸が苦しい。追いつめられているという感覚が強くなってきて、なかば本気で逃げたくなった。

快楽の余韻さえもまだ色濃く残っているのに、その上に新たな快感を刻まれていくのだ。

頭のてっぺんまで貫かれたような快感に悲鳴じみた声が出てしまう。

そうして声が嗄《か》れるまで泣かされて、凛はいやいやをするように首を振った。

(え……声、嗄れてる……?)

ふと気がついて、目を開けた。

そんなことは初めてだった。記憶している限り、凛にはそんな経験がない。たとえ丸一日喘《あえ》がされても凛の声帯は傷つくことなんてないのだ。たとえ酷使したとしても、治ってしま

うはずなのだから。

「あっ、ぁ……待……っ、て……」

なにかが変だと思った。けれども制止の言葉すら掠れているし、勇成にとってはいつもの反応と大差なかった。感じすぎたときの凜がそうやって懇願するのはほぼ毎回のことだったからだ。

「これで終わらせるから大丈夫だ」

いつもの凜ならば、なんの問題もないはずだった。

なのに苦しい、息が整わない。抜けていくはずの心地いい疲労感が、いつまでたっても身体から離れてくれず、感覚だけが鋭くなって怖いほどだ。

「やっ、あ、ぁああっ！」

ふたたびの絶頂に、今度こそ意識が飛んだ。

ぐったりと力をなくした身体を愛《いと》おしげに抱きしめ、勇成は思いの丈を凜のなかに放った。


目が覚めたとき、凜《りん》はこれまで感じたことがないひどい疲労感に呆然《ぼうぜん》となった。

疲労感自体は知っているが、いつだってそれは長い時間ではなく、まして目覚めたときに残っているなんてなかったのだ。

おまけにあちこちの筋肉が痛み、尻《しり》のあいだ——昨夜勇成を受け入れていた場所は、じんじんとした痛みにも近い疼《うず》きを残していた。

「なに……これ……」

視線を下げて自分の身体《からだ》を見て、はっと息を飲む。

キスマークがこれでもかというほどに残っていたからだ。

「な、なんで……？」

凜の身体にキスマークなんて残るはずがない。いや、凜が起きる寸前まで勇成が勝手に行為を続けていたならば可能性はあるが、さすがにそれはないはずだ。満月のとき以外、意識のない凜を抱き続けるなんてことはしないはずなのだから。

（喉《のど》も……そういえば、声嗄れてた……！）

なにもかもが初めてのことで、凜は途方にくれた。時計を見れば昼過ぎで、仕事部屋からは勇成《ゆうせい》がいるらしい気配がする。

起きていこうとして足を着いたとき、凜はまたも違和感に戸惑うことになった。

上手《うま》く力が入らなかった。

「そんなはず……」

だって昨日はそこまで激しくなかった。一般の基準でいえば十分なのかもしれないが、勇成にしてみれば時間も回数も少なかったのだ。

なのに足腰《あしこし》に力が入らない。

凛は何度目かの「どうして」を心のなかで呟《つぶや》いた。

重い身体を叱咤《しった》しながらとりあえず傍《かたわ》らにあったシャツを身に着け、勇成のハーフパンツを穿《は》く。紐《ひも》で縛ればぶかぶかながらもなんとか形になった。

ものにつかまってゆっくり立ち上がり、一歩一歩慎重に足を動かして洗面所へ行こうとすると、勇成が仕事部屋から出てきた。

「おはよう。大丈夫か？」

「うん。あの……」

「どうした？」

「あ……なんでもない」

不調を訴えたら勇成が心配するかもしれないし、凛にはまさかの思いがあった。だとしたら勇成にはまだ知られたくなかった。

怪訝《けげん》そうな勇成が近付いてこようとしたとき、インターフォンが来客を知らせた。

舌打ちが聞こえる。だが無視はせず、勇成は応対に出ていった。そのあいだに凛はソファまで歩いた。普段よりもずっと緩慢な動作だった。

モニターを見た勇成がふたたび舌打ちする。

「誰？」

「……あいつらだ」

「ってアーネストとシリル？」

「無視する」

「え、いやでもきっと諦めないよ？　シリルは留学してくるみたいだし」

凛だって会いたくはないし、家に上げたくもない。だがいまの凛に外出は無理だし、自分のいないところで彼らが話すのは嫌だった。だったら、と思った。

「わかった」

勇成は訪問者には一言も声をかけないままエントランスを解錠した。そうして非常に嫌そうな顔で玄関へと向かう。

「あ、なにも用意するなよ。歓迎はしねぇからな」

「あ、うん」

それは凛にとっては助かることだ。お茶の準備に立ち上がる気力と体力がいまはないからだった。

しばらくして、勇成が二人を連れてリビングに戻ってきた。

「やぁ申し訳ないね。痺《しび》れを切らして来てしまったよ」

アーネストは凛に笑みを向け、シリルは凛の顔を見て不機嫌そうに顔をしかめた。相変わらずだった。

「……スタジオタイプなの？」

片隅のベッドを見て、シリルは眉根《まゆね》を寄せる。リビングの続きにベッドがあれば、普通はそう思うだろう。

勇成は答える気がないらしいので、凜も黙っていた。

「もてなす気はないぞ。用件があるなら、さっさとすませろ」

そう言って勇成は凜の隣に座り、二人にはどうぞともなんとも言わない。座る場所はなく、二人は少し考えてダイニングテーブルに着いた。距離的には話は十分に出来る。

「君たちは一緒に住んでいるのかい？」

「あんたらには関係ねぇだろ。無駄話をしに来たんなら、いますぐお引き取り願おうか。絵の話ならエージェントを通せ。個人的には一切応じない」

「だったら一度、エージェントを通して話しあいをさせてくれないか？　悪いようにはしないよ。本当はあの絵のオリジナルが欲しいところなんだが、凜がモデルならば君が手放すことはないだろうしね。だったら複製でもいい。もちろん大量にバラまいたりはしないよ。せいぜい五百だ」

「そういう話もエージェントを通せ」

「ああ、すまない。なにしろ話しあいのテーブルにも着いてくれないものだからね」

勇成がアーネストを無視していたのは事実だが、現状を正当化するほどのことではないと凜は思った。いずれにしても、要望は勇成に伝わったはずだ。

　隣から、ふうと嘆息が聞こえた。

「一考はする」

「期待しているよ。たとえ複製でも……そうだね、ナンバリングのトップでも手元にあれば、本物には興味を失うかもしれない」

「いや、それって脅し……」

　ぽつりと凜は呟いていた。さすがに距離があるので、小さすぎる声はアーネストたちの耳には届かないだろう。

　勇成はすうっと目をすがめていた。

　いまのは悪手だ。アーネストの評価がジェットコースター並に一気に落ちた。どこかの会社のエリート社員だと聞いたような気もするが、そうとは信じられないほど交渉が下手《へた》だ。いまのは完全に優位に立っていなければ意味がない一言だった。たとえこの先、勇成が複製画や展示会に応じるとしても、それはアーネストと無関係なところで、になるだろう。

「ところで、シリルの誘いに乗る気はないのか？」

　故意か無意識か、アーネストは空気を読まずに言った。

「考える余地もねぇな」

「どうして。この通りシリルは美しいし、身体もテクニックも素晴らしいよ。損はないと思うけどね。シリルも勇成なら抱かれたいって言ってるし。ね？」

「え？　ああ……うん……」

シリルは表情を曇らせて歯切れの悪い返事をした。

どう見ても嬉《うれ》しそうではない。なのにシリルは肯定していた。凛にはいまの返事が嘘《うそ》のように思えたが、いつもの能力には嘘だと引っかからなかったのだから、きっと凛には見る目がないのだろう。

「価値観の相違だな。前に言わなかったか？　凛以外には興味がねぇ。こいつに会う前はともかく、俺はもう誰でもいいってわけじゃねぇんだよ」

言外に勇成は「おまえたちとは違う」と言い放った。アーネストたちがどこまで本気かは不明だが、片や勇成と寝てみたいと言い、片やそれを推奨しているのは事実なのだ。

シリルは睨《にら》むようにして凛を見ている。いや、凛だけでなく勇成も含まれていた。

（あれ……？）

てっきりシリルに嫌われているのは自分のみだと思っていた凛だが、いろいろと違っている可能性が出て来た。勇成も同様か、あるいは睨まれる意味が別にあるか……。

じっと見つめていると、視線に気付いたシリルと目があった。

途端、シリルはぷいっと顔を背ける。その表情の複雑さに、凛はさらなる疑問を抱いた。

（なんか、悔しがってる……？　ちょっと違うか……うーん、泣きそうっていうか……。勇成に断られたから？）

凛が違和感を抱いていると、隣からやれやれと言わんばかりの溜《た》め息《いき》が聞こえた。

「で、おまえは本気で俺と寝たいなんて思ってんのか？」

「……興味程度に決まってるでしょ。誰が本気になんか……」

「ふーん。興味があれば、ホイホイ脚を開くってわけか。まぁ不自由はしねぇよな。何人かキープしてんだろ？　四六時中アーネストがいるわけじゃないんだろうし」

らしくもない不躾《ぶしつけ》なもの言いに、凛のほうがぎょっとしてしまった。シリルを挑発しているとしか思えなかった。

現にシリルの眉が吊り上がっている。美人が怒ると大層な迫力だ。

「誤解をしてもらっては困るな」

口を挟んできたアーネストが不快そうに眉をひそめている。出会ってからずっと、凛たちに対しては謎の笑みを浮かべていた彼の、初めての表情だった。

「誤解？」

「そう。シリルの名誉のために言うが、彼はわたし以外に抱かれたことはないはずだよ。不特定多数と関係を結ぶのはリスクが高いだろう？　初めて満月の影響を受けたときから、ずっとね」

「は……わかんねぇだろ、そんなこと。ずっと監視でもしてんのか？」

「わかるよ。君に関心を示したのは、親族だからだよ」

「へぇ、つまり血の繋《つな》がりがあれば、あんたでなくてもいいわけだ」

「そういうこと……」

『違う！』

突然聞こえてきた英語に、凜は目を瞠《みは》った。切羽詰まったような、必死さが感じられる声だった。

シリルの視線はアーネストに向けられていた。

『違うよ。僕だって……同じだ。誰でもいいわけじゃない……』

まっすぐに見つめられるアーネストはひどく意外そうな顔をしていて、彼の認識とシリルの主張があっていないことを如実に表している。

（えーと……）

目の前の状況をどう判断したものか。凜は救いを求めて勇成を見た。

「ヘタレ同士の痴情のもつれだろ」

身も蓋《ふた》もない言いぐさだが、その通りなのだろうなと思った。シリルがアーネストの前でどんな振る舞いをしていたかは知らないが、本命であることは必死に隠していたのだろう。

アーネストのほうは、シリルが自分としか寝ていないのを知っていながら、あくまでその理由は同じ体質の従兄弟《いとこ》だから、と思っていたようだ。

『いまのはどういう意味だい？』

アーネストの顔付きは真剣で、シリルをからかおうとか試そうとかいう意図はなさそうに見える。あくまで凜の主観だが。

問われたシリルは、目を逸《そ》らして黙り込んでしまった。

『シリル？　答えて』

静かなのに有無を言わせない響きに、シリルはぐっと手を握りしめる。やがて意を決したように声を振り絞った。

『ア……アーネストが……』

『うん』

『好き、なんだ……ずっと昔から。だから……』

『だったらどうして勇成と寝ようなんて言ったんだい？　わたしの気を引こうと？』

『そんなんじゃない』

拗《す》ねたように怒ったように、シリルは言葉を吐き出す。捨て鉢と言おうか、なかば自棄《やけ》になっているようだった。いまの関係が破綻することを覚悟しているのだ。それもきわめて悪い方向に。

『ではどういう意図で？』

『…………』

『シリル？』

『ほ……ほかの誰かと寝れば、はっきりすると思って』

俯《うつむ》くシリルの声は少し震えていて、普段の彼とはかけ離れた雰囲気だ。実際以上に小さくも見えた。

『なにが？』

『身体に引きずられてるだけなのか、そうじゃないのか……勇成なら条件は同じだから、チャンスだと……でも本当はアーネスト以外に抱かれたくなんかない……』

なるほど、と凛は納得した。シリルの言動についていろいろと腑《ふ》に落ちたものの、勇成を利用しようとしていたことは、やはりおもしろくなかった。特別な感情はないのがこれではっきりしたので、よかったと思うべきかもしれない。

『……羨《うらや》ましかったんだ』

『凛のことだね』

「え……」

いきなり名前が出て凛は目を瞠る。気分はすっかり見物人だったのに急に引っ張り出され、とっさに勇成に身を寄せてしまった。隠れられる状態だったら、間違いなく背中に隠れていただろう。

シリルはまたほんの少し目つきを鋭くした。

『そういうところが腹立つんだよね。当たり前みたいにイチャついて』

『なるほど、そういうことか』

『一目見たときにわかったよ。勇成に愛されて、大事にされてるんだって。特にムカツクのは凜だけど、正直勇成も込みで僕の神経を逆なでするんだよね』

「ええー、それ八つ当たりじゃん」

ぽつりと呟いた声は思いのほか響いて、シリルがキッと睨み付けてきた。だがもう凜はまったく気にならなくなってしまった。シリルの本心と行動理由を知ったいま、むしろ微笑《ほほえ》ましく思えてきた。

「うるさい、バカ」

「バカ……って、子供じゃないんだから」

見た目は大人《おとな》っぽいというのに、本当に中身が伴っていない。そもそも羨望と嫉妬で相手に攻撃的になるあたり、シリルは腹芸には向いていないタイプなのだろう。腹芸に関しては凜も人のことは言えないが、たとえ嫉妬を感じても押し殺すか関わりを絶つタイプだ。

「話がついたなら、それを連れてさっさと帰れ。いつまで人のうちで、それやってるつもりだよ」

「確かに」

勇成のうんざりした呟きを耳にし、アーネストは鷹揚《おうよう》に頷《うなず》いた。それからシリルの手をつかみ、すっと立ち上がる。

引っ張られるようにして立ったシリルは、ひどく戸惑った表情をしていた。

「帰って、じっくりと話しあうことにするよ」

「好きにしてくれ」

「邪魔をしたね。では」

まるで嵐のように二人は去っていった。去り際にはもう、あの二人は互いしか見えていなかった。

「なんだったんだ……」

「バカバカしい話だよな。ま、くっついてくれそうだし、そこはよかったけどな。これ以上ウロチョロされたくねぇ」

「まぁね」

「あー……仕事してくるわ」

「うん」

勇成を送り出し、凜は着替えをすることにした。近所まで買いものに行こうと思ったからだ。さすがにもうアーネストたちは近くにいないだろう。どうせ先日と同じように車で来て、そこらで待たせていたに違いない。

あの様子ならば問題なく纏《まと》まりそうな気がする。勇成の見立てでもそうなので間違いはないだろう。

凜はうんうんと頷きながらコートを手にし、ふと手を止める。

「あ……れ……？」

シリルの告白の衝撃に吹き飛ばされてしまったが、直前の彼の言葉――というよりも肯定の返事を思い出した。

あのとき、勇成に抱かれたがっているという言葉に、シリルは肯定してみせた。だがその後で、抱かれたくないとはっきり言った。つまり片方は嘘だ。全体的な流れからして、嘘なのは前者だった。

なのに凜はどちらも嘘だとは感じなかったのだ。

「え、え……？」

混乱して、上手く考えが纏まらない。そういえば身体のだるさは、多少マシになったとは言えまだ残っている。キスマークも消えていない。

しばらく呆然としてから、凜はコートを着てマンションを出た。

駅まで来たところでメールを打った。俊樹《とし き》のところへ、春物の服を取りに行く……ということにしておいた。

電車に乗って移動しているあいだも、頭のなかはゴチャゴチャしたままだった。考えることを放棄していたのかもしれない。

予告なしで来てしまったが、俊樹は在宅していた。

「……俊樹」

「なに」

鍵は持ったままなので、勝手に入ってリビングのソファに座る。俊樹は本を開いたまま、凜を見ることはなかった。

ぱらりとページを捲《めく》る音がした。

「なんでもいいから嘘ついてみて」

「は……？」

「いいから」

嫌そうな顔をしていた俊樹だったが、凜の真剣な様子になにかを察してか、少し考えてから口を開いた。

「いまは夜中の三時」

窓の外に広がる青空を見ながらの言葉は、凜になにも伝えては来なかった。ただ言葉だけが耳に入ってきた。

「べ……別のことも言って」

「うーん……実は凜とは従兄弟同士じゃない」

「もう一回」

「昨日、絵里奈《えりな》と結婚した」

「え、マジで？」

思わず食いつくと、俊樹は馬鹿にしたような目で凛を見た。それは当然だ。嘘をつけと言われてついたのにこの反応なのだから。

「嘘に決まってるだろ」

「いや、なんか……俊樹たちならやりかねない気がして……」

だがこれではっきりした。はっきりしてしまった。俊樹の嘘を聞いてもいつもの感覚――嘘だ、という感覚がまったくなかったのだ。

言っていたことは、明らかな嘘だったのに。

俊樹は凛をじっと見つめ、なるほど、と小さく呟いた。

「例の力、なくなったのか」

「……わかんなく、なった……」

いままでさんざん、あれは特殊能力ではないと言い張ってきた凛だ。相手のわずかな変化を感じ取っているのだ……などと、無理矢理に説明を付けては自らの特殊性を、ルース家の〈祝福〉から切り離そうとしてきた。

だがさすがにもう押し通すことは出来なくなってしまった。凛が主張してきた能力ならば、突然なくなることはないはずなのだから。

「けどさ、それが普通だろ」

「……普通……」

「嘘が態度や顔に出やすい人とか、それを見抜くのが上手い人は確かにいるけど、言葉聞いただけで顔も見ないで百パー嘘か本当かわかる人なんていないよ。それに、そんな力はいらないんじゃなかったっけ？」

相変わらず言い方は突き放したものだが、俊樹がそれなりに凛のことを考え、親身になってくれているのは知っている。

そうして凛は、俊樹に言われて初めて自覚した。

「なんだかんだいって、頼り切ってたみたい……」

「うん。それは前にも指摘したつもり。ほかには？　キスマーク見えてるけど、もしかして治癒《ちゆ》能力も普通になった？」

「……たぶん」

「ふーん……ちょっと聞いてみよう」

俊樹はスマートフォンを手にすると、どこかへ電話をかけた。

「あ、急にごめん。凛のことなんだけど……」

それだけで相手が姉の絵里奈であることがわかってしまう。俊樹があの口調で話し、その上で「凜のこと」などと言えるのは彼女しかいない。

俊樹はかいつまんで凜の現状を説明し、間もなく電話を切った。雑談どころか挨拶すら適当だった。

「絵里奈がそういう例がなかったかどうか聞いてくれるって」

「……うん。ありがと」

「でもまぁ、突然消えるなんてことも、あるのかもしれないよ。だってさ、もともと精霊の祝福なんていう、ふわっとしたものに由来してるんだから、ふわっとした理由でなくなっても不思議じゃないだろ?」

妙に納得のいく言葉で、凜は力なく笑いながら頷いた。

それから一時間くらいして姉から電話がかかってきたが、一族の長老たちに聞いても満足のいく答えは得られなかったようだ。一世代にほぼ一人しか男子がいないため、サンプルが少なすぎてわからない、とのことだった。

打つ手なし、ということだ。

「大丈夫か?」

「う、ん……自分でもよくわかんないや。なんか……変な言い方かもしれないけど、身体の一部がなくなっちゃったような感じでさ……」

「そうかもね。当たり前のようにあった能力だったしね。身体のほうが特に大変なんじゃないか?」

「でも病気になったり特別弱くなったわけじゃなさそうだし……特殊だったのが、普通になっただけだから」

自らに言い聞かせるようにして言葉を紡いだ。そう思えばなんでもないことになってくれるかもしれない。

「ま、一時的なものかもしれないし、まぁそう悲観することないんじゃないか?」

頷くだけの返事をし、ふとスマートフォンが点滅していることに気がついた。音を消してあったのを忘れていた。

メールは勇成だった。

「迎えに来るって話かな」

「そうみたい」

「上手くいってるみたいだね」

「……うん」

いまのところなにも問題はない。シリルのアーネストへの気持ちは暴露され、アーネストも戸惑い気味だったが拒否する感じはなかった。あんなことを言っていたが、いまさらシリルが本気で凛たちのあいだに割って入ってくることはなさそうな気がする。

だが凛の身体が、この先勇成を満たしてやれるかどうかはわからないのだ。

身体で繋ぎ止めているわけじゃないと信じたい。けれども自信はなかった。

「なにを悩むことがあるのかわからないけどね……」

俊樹の呟きも耳には入ってこなかった。

それから三十分ほどで迎えに来た勇成は、凜の様子から察するものがあったようだが、家に着くまでは当たり障《さわ》りのないこと話をしていた。

運転手の耳がある車内や、歩きながらにする話ではないと考えたのだろう。

戻った家のソファに座ると、勇成はすぐに切り出した。

「どうして従兄弟のところへ行ったんだ？」

「……ちょっと相談」

「シリルのことか？」

「それは、もうそんなに気にしてないよ」

「少しはしてるんだな」

小さな溜め息が聞こえ、凜はびくっと指先を震わせる。みっともない悋気《りんき》だと、あるいはくだらない不安だと、呆《あき》れられてしまったかもしれないと思った。

シリルの気持ちがアーネストに向かっていることは疑っていない。けれども、自分がもし彼のように優秀であったら、と思う気持ちは残っているのだ。

ぽんと頭に乗せられた優しい手がなかったら、顔は上げられなかっただろう。

「勇成……」

「まず前提として、俺がおまえ以外に惚《ほ》れるってことはねぇからな」

嘘か本当か、いまの凜にはそれを知る能力はない。だが本当だということはわかった。勇成を信じているということもあるが、彼の目やその言葉には強引にでも納得させてくれるものがあった。

「浮気もする気はねぇ。俺の場合、最初がアレだから信用しきれないのかもしれねぇけど、凜しかいらねぇからな」

意思の疎通がきちんと出来ていなかったこともあり、結果的には身体から入った関係だった。凜は恋人になったと思って身体を許し、勇成は無自覚のまま凜を抱いたのだから。そのまま何ヵ月も「付きあっていた」なんて、いまとなっては笑い話だった。

「それはわかってるつもりだよ」

「あいつのことはもう気にすんな。だいたいあいつはアーネストが好きだろ」

「うん。そうだと思うよ」

シリルが脅威でないとしても、凜の憂いがなくなったわけではない。そして勇成は、おそらく凜の変化に気付いている。キスマークの消えない身体を見て、なにか思うところはあったはずなのだ。

「あいつらの言ってることが嘘かどうか、凜ならわかったろ?」

「それなんだけど、ちょっと話したいことが……」

「ああ」

凜はちらりと自分の胸元を覗《のぞ》き込んだ。やはり昨夜の痕《あと》は色濃く残っていた。

「気付いてると思うけど……なんか、急に嘘とかわかんなくなってて……それで、身体のほうも、普通になっちゃってて……」

「だからか……」

驚いた様子はなかった。むしろ納得したという様子だった。あるいは凜の異変に気付いたのは、勇成のほうが先だったかもしれない。だが彼は大ごとだとは思っていなかったようだ。普通の人に体調の波があるように、凜にもそういうことがあるかもしれない、くらいに考えていたからだ。

「キスマーク、消えなかったもんな。昨夜もかなり早く潰れたし……」

「うん……」

「いつからだ？　昨夜から？」

「たぶん」

「そうか」

頭にぽんと大きな手が乗る。撫《な》でるように引き寄せられ、勇成の肩にもたれた。

愛情も優しさも感じる。疑ってなんかいない。自分たちのあいだに割って入ってる人間にも、おそらく心配はいらない。なのにどうしてこんなにも不安なのだろうか。

いや、不安とは少し違う。むしろ心細いに近い感情だ。

いままでわかってたものが急にわからなくなったせいだ。そして身体も大抵のことは大丈夫だと思ってきたから、普通に病気になったりケガが治らないという状況が怖いのだ。それが普通だと知っていても。

「これまで以上に大事にしねぇとな」

「ごめん……。勇成。もしかしたら、次の満月からはずっとは無理かも……」

「そんなこと気にすんな。俺が手加減すりゃいいだけだろ」

愛《いと》おしげに撫でられて幸せな気持ちになる。

いまは少し、アイデンティティーを見失っているだけだ。最初からないものと考えれば、深刻になるほどのものじゃない。

凜自身がなにも持っていない、と思えてしまうのは相変わらずだったが、いまは頭を空っぽにして勇成に抱きついた。


嘘がわからないというのは、ずっとそれに頼り切っていた凜にとって、困惑と憤りと、な

により脱力感を日々もたらした。

悪意のある嘘をつく知りあいは少ない。けれどもその場の勢いでついてしまう嘘というのはあるようで、それに振りまわされることもしばしばだ。そしていままでなら聞き流していたことが気になってしまうこともあった。

たとえばそこそこ付きあいのある学生が、ついさっき言っていたことと逆のことを陰で言っていたり、勇成に繋ぎを取って欲しがる女の子が、ついでのように凛のことを褒《ほ》め、その実よそでは凛の悪口を言っていたり。

おかげで近頃、人と話すのが嫌になりつつある。

(やめとけばよかった……)

こんなことになるとわかっていたら、手伝いになんて参加しなかったのにと思う。

今日は大学の入学試験の日で、朝から凛は駅前に立って受験生の道案内をしている。ようするにアルバイトだ。勇成がアルバイトに難色を示したため、ちょうど打ち合わせが入っているこの日ならばいいだろうと応募したのだ。

(まぁ、人と話すこともそんなにないからいいけど……)

凛をはじめとする案内係の学生は黄色い腕章をつけて駅前から大学へと続く道に点々と立っている。定期的にプラカードを持つ学生もいるが凛はその役目ではない。大学から最も近い駅はここだが、ほかにも地下鉄の駅があるので、そちらにも学生が配置されていた。

「明修《めいしゅう》大学受験生の皆さんは、こちらにお進みください」

改札口の正面に立っている学生は三年で、受験生以外の乗客の迷惑にならないようにか、声を張り上げることなく案内を続けていた。改札を抜ける通勤客たちは、プラカードを見て納得した様子で歩いていく。毎年のことなので、今年もそんな時期か……という程度の感覚なのだろう。

駅から大学までは五百メートルもなく、道も単純だ。正門まで点々と学生が配置されているので、迷う学生は皆無のはずだ。いるとすれば勝手に近道を通ろうとして失敗するケースくらいだろう。

大学が推奨しているルートは大きな通りのみだ。細い道はすなわち生活道路というやつで、オフィスや住宅が立ち並ぶことになる。通っても問題はないが、細い道にまで学生は配置しない。

（寒っ……）

今日は風が少し強く、しかも気温が低い。マフラーと手袋で防寒しているものの、頬《ほお》に当たる風が刺すように感じられた。

ぞろぞろと流れていく学生は緊張なのか寒さからなのか、強ばった顔をした者が多い。なかには余裕の表情の者もいるが、少数だ。

一年前を思い出し、凜は遠い目をした。あの頃は、いまのこの状態なんて想像もしていなかった。恋人が出来るなんて、ましてそれが同性だなんて考えもしなかった。

軽くぼんやりとしていた凛は、目の前を通り過ぎた女の子の顔を見て、はっと我に返る。顔色が悪いなどというものではなかった。紙のように真っ白で、いまにも倒れそうに見えた。歩き方もどこかぎこちないと言おうか、緊張が強すぎるのかまだ試験会場にも着いていないのにガチガチだった。

そんな彼女はなにを思ったのか、脇道に入っていく。あのルートは確かに近いが、慣れないと迷いやすくもある。

凛は近くにいた係の学生に声をかけてから、受験生を追いかけた。

近道は別にいいのだが、あの顔色では途中で倒れてしまうかもしれないと思ったのだ。大学推奨のルートならどこで倒れても誰かの目に付くが、裏道に入ってしまったらそうもいかない。通行人の誰かしらは気付くはずだが、在学生のほうがなにかとフォローが出来るだろう。

紺のダッフルコートの後ろ姿に、凛は声をかけた。

「君、明修大学の受験生?」

最大限に柔らかく声を発したつもりだったが、相手は大げさなほどびくっと震え、ギギギッと音がしそうなほどぎこちなく振り返った。

やはり顔からは血の気が引いている。いまにも倒れそうだった。

わりと可愛《かわい》いと言える子なのだが、記憶には残らないタイプだった。よくあるヘアスタイルに、よくあるメイク。浮くほど派手でも地味でもなく、ファッションには気を遣っているタイプだ。俊樹が以前「量産型」などと言っていた部類だろう。ただし試験に備えてなのか、ファッションでかけているとは思えない黒縁のメガネをかけている。度が強いようには見えなかった。クリーム色のチェックのマフラーに顔の三分の一は埋まっていた。

「大丈夫？　あ、明修の案内係なんだけど……すごい顔色悪いから大丈夫かと思って。道、わかる？」

「は……はい。大丈夫です……」

受験生は俯き、震える声で答えた。

とても大丈夫そうには見えなかった。

「通りに出るまで付き添うね」

「いえっ、大丈夫ですから……！」

「でもこの道、ちょっと複雑なんだよ。在学生はよく通るんだけど」

瞬間、彼女が震えたように見えたが、この寒さでは当然かと思った。試験開始まで三十分を切ったこともあり、凛は彼女を促した。人それぞれだろうが、席に着いてから少しでも時間が長いほうがいいと思ったのだ。

隣を歩く彼女は相変わらず全身で緊張している。よほど緊張しやすいタチなのか、これでまともに試験が受けられるのだろうかと心配になるほどだった。

人と話すのがどうのと考えている余裕は凛にもなかった。それほど顔色が悪いのだ。

「えっと……現役だよね？」

「は……はい……」

「受けるの、今日で何校目？」

話しかけているのは間が保たないのと、なんとかして彼女の硬さが取れないかと思ってのことだ。

なんだか放っておけなかったのだ。最近、大学の友達や知りあいに対して身がまえ、距離を置いていた後ろめたさもあったのかもしれない。

「初めて、です」

少し間があって返事があった。相変わらず彼女は下を向いたままだ。

メガネと長めの前髪のせいで、俯かれると顔がほとんど見えなくなるが、顔色の悪さは隠しようがなかった。

「そっか。じゃあ緊張するよね。たぶん、みんなそうだと思うけど」

返事はないまま、会話は途切れた。凛としても上手い話題が見繕《みつくろ》えそうにないし、あまりうるさく話しかけても迷惑なだけだろう。なによりもう通りまで来ていた。正門までは百メートルだし、道には案内係の学生が何人もいる。

「じゃあ、ここで。教室間違えないようにね」

「あ……ありがとうございます」

彼女は凜の顔を直視せず、小走りに駆けていった。元気そうだ。緊張はしているが、体調に作用するほどではないらしい。

凜は来た道を戻り、元の位置に戻った。

顔見知りの案内係はにやにや笑いながら近付いてきて、肘《ひじ》で凜をつついた。

「なになに、ナンパ？」

本気でそう思っているわけではなさそうだが、からかうつもりはあるようだった。

凜は黙ってじろりと睨むものの、冗談だと思われて終わったらしい。半分は本気だったのだが。

「まぁまぁ、もうすぐ終わるし。そしたら一緒に待機所行こうぜ。弁当美味《うま》いといいな」

「午後まで待機か……」

試験後の案内のため、凜たちはキャンパス内で待機していなければならない。今日は営業していないカフェテリアが開放され、大学側が用意した弁当で昼食を取ることになっている。待機時間は結構長い。

今日の最大の難関と言えた。

大勢の学生たちが暇を弄《もてあそ》ぶはずのカフェテリアに、凜は何時間もいなくてはならない。とんだ苦行だ、と思った。本当ならば一度帰宅してしまいたいが、自宅の場所を内緒にしている以上、やぶ蛇《へび》にはなりたくなかった。

ぞろぞろとカフェテリアに戻る頃にはとっくに試験開始の時間になっていた。先ほどの彼女は大丈夫だろうか。

名前もわからない相手だが、関わってしまったので少し心配だ。

だがその心配は、凛が予想もしなかった形で現実のものとなった。

打ち合わせから帰ってきた勇成は、出迎えた凛を見て、なにかあったのだと悟ったようだった。

ソファの上で膝《ひざ》を抱えていた凛の隣に座り、さらりと髪を撫でてくる。

「なにかあったのか？」

「……うん。あ、でも僕がなにかしたとかじゃなくて……」

凛は今朝のことを簡単に説明した。具合の悪そうな受験生が推奨ルートから外れたので、大通りまで付き添ったのだと。

「替え玉受験だったんだ」

「は……？」

「従姉妹《いとこ》の。顔立ちちょっと似てるからメイクでもっと似せてたみたいで。本当は僕と同じ年の在学生なんだって」

いまにして思えば、彼女は試験への緊張ではなく替え玉の緊張であんなに顔が強ばっていたのだろう。そして凜のことも知っていた可能性がある。自惚《うぬぼ》れるわけではないが、凜は勇成と関わりを持ったことで学内でも知名度が高いのだ。ずっと下を向いていたのも、顔を見て気付かれては……と考えたのだろう。

「挙動不審すぎてあやしまれたみたいだよ」

噂《うわさ》というのはどこからともなく、とんでもない速さでまわるものだ。すべての試験が終わった後で試験官によって連れ出され、問い詰められて白状したらしいのに、ふたたび道に立っていた案内係の耳にもあっという間に情報が流れてきた。その手のことに食いつきがよく、交友範囲の広い知りあいが、近くに立って凜の耳に入れてくれたのだ。

もちろんすぐにそれが誰かわかったわけではないが、時間の経過とともに、おそらくは同じ教室にいただろう受験生から目撃情報が拡散した。たまたま問題の受験生を知っている者が、あれは本人じゃない気がする……と冗談半分に呟いたらしい。友達ではなく、塾で話したことがある、という程度の子だったようだ。また別の目撃者は、試験官に連れられていく受験生の様子を、服装なども含めて晒《さら》した。

「紺のダッフルで、クリーム色のチェックのマフラーに黒縁のメガネかけた女の子……たぶん、今朝の子だ」

時間がたてばたつほど情報は詳しくなっていき、替え玉の事情まで耳に入ってきたのだ。よくいるタイプと思ったのは、まさにそう見えるようにしていたからなのだろう。元の顔立ちが似ているのだからメイクでさらに似せていたに違いない。

案内しただけの凜が責任を問われることはないし、現に事情を聞かれたりもしなかった。ただショックではあったのだ。

「話もしたんだ。でもほんとに全然、嘘だってわかんなかった。替え玉ってわかってから思い出してみたら、いろいろ引っかかることもあったんだけど……」

もし凜が以前と同じように嘘がわかる状態だったら、もう少し深く突っ込んで質問を重ねて彼女の不正に気付けたかもしれない。替え玉とまではわからなくても、凜が疑ってることを知れば彼女は試験会場に行くことを諦めたかもしれず、彼女が処分を受けることもなかったかもしれない。あれだけ顔色を悪くしていたのだ。彼女は替え玉受験に対して積極的だったとは思えなかった。頼まれて仕方なく、のほうがすんなり納得出来た。

「おまえが気に病むことじゃない」

「わかってるけど……人と話すとき、どのくらい嘘なんだろって……考えちゃってさ。あ、勇成のことは信じてるよ」

嘘がわかると打ち明ける前から勇成は本当のことしか言わなかった。嘘を言わないことと真実を口にすることはイコールでないことも知っているし、隠しごとまではなかなかわからないものだが、勇成に関してはたとえ慰めのためだろうと心にもないことは言わないとわかっていた。

身内もそうだ。同じように信じている。だがそれ以外となると、いまの凜は身がまえてしまう状態だ。大げさに言うならば、誰も彼もが本当のことを言っていないように思えてきてしまっていた。

溜め息を必死で呑み込んで、これは慣れていくか開き直るしかないんだろうなと思った。

凜が自分の「特殊性」をすべて失ったと知ってから、まもなく最初の満月を迎える。月の出の時刻は真夜中なので、普段ならば眠っている時間だが、その時間に起きていられるよう、凜は昨夜かなり早めに就寝し、ついさっき目を覚ましたところだった。

場所は都内のホテルだ。部屋にキッチンも洗濯機もついていて、長期滞在にも対応しているところだという。

いま現在、凜たちはここで二泊目の夜を迎えている。

言い出したのは勇成で、曰《いわ》く「あいつらが来ないとも限らない」からだそうだ。つまりアーネストたちの襲来を警戒しての行動なのだ。シリルはともかく、アーネストが凜を狙う可能性は捨てきれず、そんなアーネストに巻き込まれる形でシリルが来ることも否定出来ない、らしい。

そこで念には念を入れ、早めにホテル入りしたというわけだった。予定は三泊だ。満月が終わるまで勇成は部屋から出ないつもりのようだ。

風呂《ふろ》から上がってきた勇成は腰にバスタオルを巻いただけの格好だ。引き締まった肉体はきれいに筋肉がついていて、何度見ても惚れ惚れしてしまう。肩から胸、そして腰へのラインがとても美しかった。

「いいなぁ」

「うん？」

「僕なんか棒切れみたいなものだよね」

「そんなことねぇだろ。ガリガリで骨皮ってわけじゃねぇんだし、脂肪がぷよぷよしてるわけでもねぇし」

「うーん……」

「むしろジャストサイズ」

ベッドに腰かけ、勇成は凜の頬に手を伸ばしてくる。まだ少し湿った髪を撫でられ、つい猫のように目を細めてしまった。

もうすぐ月の出の時間だ。

「取り越し苦労だったね」

「まだわかんねぇぞ」

「でも電話とかも来ないし」

勇成の懸念通りならば、所在のつかめない凜たちのところに探りを入れる電話くらいあってもよさそうなものだ。だがまったくない。きっとあの二人もいまごろは月の出を二人だけで待っているのではないだろうか。

そんな気がしてならなかった。

「油断は……」

言いかけた勇成が目の端にスマートフォンを捉え、チッと舌打ちをする。凜も目で追うと、画面には「クソ親父《おやじ》」という文字が出ていた。

「……そんな登録してたんだ……」

「こんな時間にふざけんなよ」

「だって勇成たちは時間関係ないじゃん。どうせ起きてるんだし」

世界中のどこにいようがあまり関係ない。場所によって月の出や日の入りの時間は違うので、それによる誤差があるくらいだ。これは日本国内にしても同じことで、地方などにいるとわずかなズレを起こすことがあるらしい。これは勇成たちへの影響が標準時間ではなく、あくまで月の出の瞬間だということだった。

「出たら？　緊急かもしれないよ？」

そう言っているうちに電話は切れたが、すぐにまたかかってきた。凜は勇成の腕を軽く引っ張った。

勇成はかなり嫌々電話に出た。

「なんだよ、くだらねぇ用事だったら切るぞ。は？　それがどうした。だからダメだって言ってんだろ。話はそれだけか？　じゃあな」

最初から最後までケンカ越しで、しかもおそらく相手の話の途中で切っていた。そしてすぐさま電源ごと落としてしまう。

凜はじっと勇成の顔を見た。

「お父さんなんだって？」

「凛と話したい、だと」

「え、別にいいのに。っていうか話したかったな……」

どんな人なのかは勇成から聞いている。曰く、変人で見た目は勇成を老けさせて狡猾《こうかつ》さを加えたような感じらしい。本命の恋人がいるそうだが、結婚もしないでほかの女性とも遊んでいるという。それを恋人の女性も許しているそうだ。凛にはとても理解出来ない話だが、当事者たちがそれがいいならばいいのだろう。

勇成は凛が恋人であることを父親に言っていなかった。隠すつもりはないが、あえて自分からは言わない、という。これは面倒を避けるためだ。恋人だと知れば、根掘り葉掘り聞いてくるのは必至らしい。

「クソ親父のことなんてどうでもいい。嫌がらせだろ。ほぼ月の出ぴったりにかけてきやがった」

電話の前後に満月を迎えていたらしく、勇成の目が普段よりもギラついている。

ケダモノじみたこの目に、凛はもう何ヵ月も付きあってきた。だが今日はそれを直視出来なかった。

怖い、と思ってしまう。貪《むさぼ》られ、食い尽くされて、後にはなにも残らなくなってしまうんじゃないかという恐怖を感じた。

「大丈夫だ。俺を信じろ」

「……うん」

キスが唇《くちびる》を塞《ふさ》ぎ、絡む舌が濡《ぬ》れた音を立てた。ホテルのナイトシャツだけを身に着けた身体をまさぐる勇成の手は、ほんの少しだけ性急さを感じさせた。

滑る指に凜の息が上がっていく。

少し緊張しているとはいえ、勇成に抱かれることには慣れているし、身体は彼の愛撫《あいぶ》を覚えている。怖いと感じるのも、やがてそれが理性ごと快感に呑み込まれていくこともわかっていた。

シャツはあっという間に奪われていたし、動いているあいだに勇成のバスタオルも落ちていた。

「んっ、ぁ……あん……」

身体中にキスを受け、指先で官能を煽《あお》られる。エアコンの音しかしなかった室内に、凜の喘《あえ》ぎ声が響いていた。

胸を吸いながら、勇成の指先は凜の後ろを弄《いじ》り、ジェルでたっぷり濡らした後でなかに入り込んだ。

満月のときは性衝動が抑えられないとは言っても、勇成のそれはむやみやたらと襲いかかるような理性をなくしたものではない。衝動の度合いは個人差があり、たとえば勇成と彼の父親とでは違うという。年齢的なものもあるらしい。彼の祖父などはもうそういったものはほとんど感じないようだ。

だから今日の勇成も自分の欲求だけを押しつけてきたりはしなかった。いつものように凜が受け入れられる状態になるまで愛撫を続けていた。

だが今日はこれまでとは違った。

後ろを出し入れする指が、あまり動かない。むしろ差し入れたまま馴染《なじ》むまで動かさず、軽くゆっくりと出し入れをした後、しばらく止まってまた動かす、といった具合だ。

快感の高まりは遅かった。唇はとっくに胸から離れ、なかば高まっている前にも触ろうとはしない。

「な、んか……いつもと、違う……」

普段だったら、満月のときだろうとなかろうと、とっくに一度いかされているはずだ。感じている凜を見るのが好きだと言って憚《はばか》らない男なのだ。

「何回もいくと、つらいだろ」

「あ……うん……」

絶頂のたびに敏感になっていくのは確かだし、単純に体力的にもきつい。いままでと違って回復しないからだ。

「その分、可愛く悶《もだ》えろよ」

リップ音を立てて胸の真んなかにキスされて、凜は思わず横を向いた。さんざん口で言えないようなことをしてきたというのに、いまさらひどく恥ずかしくなった。

それから勇成は時間をかけて指を増やしながら後ろをほぐし、違和感がなくなって相当しばらくたった頃、ようやく身体を繋いだ。

最初はゆっくりと突き上げられて、凜は甘い声をあげながら身悶えた。

「やっ、あ……っ、あん！　んんっ」

抱かれ慣れた身体は、特異な体質でなくなっても変わらず快感を熱心に拾い集め、凜の理性を焼き切っていく。

リズムが激しくなって、凜の声が切羽詰まったものになってからは、いきそうになるたびに止められて、泣きじゃくるはめになった。

ダメ、いや、と何度も意味のない言葉を繰り返す。

「あぁあっっ……！」

止められていたものを解放されて、同時に奥深く穿《うが》たれた。

頭のなかが白く塗りつぶされ、勇成の背中にまわした手がずるりとシーツの上に落ちた。

凛が目を覚ましたとき、すでに太陽は一番高い位置に昇っていたらしい。

遮光性に優れたカーテンのおかげで外の明るさはわからないが、最低限の間接照明に照らされた勇成の横顔はきれいだと思った。

「……おはよ」

声は嗄《か》れていた。腰もだるいし、筋肉も少し痛い。どうやら凛は、ルース家の特性である体質をなくしたら、人並み以下の体力しかなかったようだ。

「おはようって時間じゃねぇけどな。なんか飲むか?」

「うん」

部屋は広いワンルームで、ベッドが置いてある場所やキッチン、あるいはリビングなどが段差で分かれているというスタイルだ。デザイン性に富んだ、よく言えば非常に洒落《しゃれ》た空間なのだが、凛としてはベッドの位置がステージのように高くなっているのが恥ずかしかった。冷静になると、こんなところでセックスしていたのか……と遠い目をしたくなる。ほかの誰も見ていないのだから気にすることではないのだろうが。

勇成は水を渡すとリビングのソファに戻っていった。

もらった水を飲み、ふうと息をつく。

いままでとは違う朝に、凛は視線を落とした。

だるさは腰だけでなく全身に及んでいて、勇成と繋がっていた場所に熱を感じる。相当手加減してくれたから、先日ほどではないものの、やはり回復はしていない。

そして水を渡して離れていった勇成に、言いようのない寂しさと申し訳なさを覚えた。

いつもなら水を渡した後、ベッドに腰かけて髪を撫でたり肌《はだ》に触れたりするはずだ。それをしないのは、彼が満月の影響に耐えているからなのだろう。うかつに近寄って、あるいは触れて、衝動に負けるのを避けるために。

「ごめん……」

聞こえないかと思ったのに勇成は凜を見た。そして苦笑を浮かべた。

「なんで謝るんだよ」

「だって」

「そんな顔すんな。何回も言ってるだろ。別に俺は、二十四時間やってなきゃどうかなっちまうってわけじゃねぇんだって」

「わかってるけどさ、我慢はしてるよね?」

「それは据《す》え膳《ぜん》にした普通の男と変わらねぇ我慢だよ」

凜だって男なのだが、正直勇成の言葉はよく理解出来なかった。性的な欲求は凜にもあるし、勇成とセックスしたいと思うときもある。だがいくら好きでも我慢を必要とするほどの性衝動は凜にはないのだ。

ルース家の特殊性以前の問題のような気がしてきて、ひそかに凜は溜め息をついた。

「動けそうなら、遊びにでも行くか？」

「勇成がつらくないなら、ここにいたい」

凛は俯いた。

外へ出て、もし勇成が魅力を感じるような人に会ってしまったら——。信じてはいる。だが満月時の本能がどういうものなのか、凛はあまりよくわかっていない。勇成がふらふらと別の人のところへ行く、などとは考えてないが、衝動を抑えるのはとてもつらいだろうとは思うのだ。

勇成にとって凛以上に衝動を覚える相手はいない、という事実は、当の本人にはわかっていないのだった。


新たな問題はなにもないが、解決もいっさいしないまま、ずるずると日は過ぎていった。アーネストたちが姿を現すことも連絡を寄越すこともなく、凛のなかから消えたものが戻ってくることもなかった。

駅までの道を歩きながら凛は溜め息をついた。ルキニアの両親から荷物が届いたから取りに来い、と俊樹から連絡があったのだ。俊樹のものも入っているので、あちらにまとめて送ったらしい。普通そこは逆じゃないかと思ったが、ある意味両親――いや母親らしいとも言えた。

勇成が計画した旅行の日が間近に迫ってる。楽しみにしていることは変わりないが、心が以前よりほんの少し重たいせいか、去年の夏のようには盛り上がれないのも事実だ。

勇成は相変わらず優しくて、それが少し申し訳なく思える。欲求不満にならないのかと尋ねたが、ちゃんと解消されていると返された。

本当なのかどうか、いまの凜には確かめようがない。

勇成は嘘をつかないと思ってきたけれども、いまもそうなのかはわからないのだ。凜を思って本心を口にしていないことだって十分に考えられる。

相手を思ってつく嘘もある。知っていたつもりだったが、凜は今回のことで初めてそれを実感した。

（開き直ればいいのかなぁ……後は、引きこもり傾向をなんとかしないと……）

凜はここのところずっと身内以外の人たちを避ける傾向にあった。幸い大学は休みに入っているし、基本的に友達とのやりとりはＬＩＮＥやメールなので助かっている。凜の能力はもともと文字には発揮されなかったから、そこは以前と変わらないのだ。

（文字のやりとりと同じって思えばいいのかな……）

こちらのほうは解決の糸口が見えてきた気がする。慣れもあるのだろう。後は勇成に対する引け目のようなものをどう払拭するか、だ。

溜め息は白くなって、冷たい空気に混じって消えていった。

（まだ寒いなぁ……）

暦の上ではとっくに春だというのにまだコートは手放せない。先日は四月下旬の気候だとニュースで言っていたのに、今日はまた真冬に逆戻りしていた。

マフラーをしてくればよかったと後悔していると、凜の横を黒塗りの車がすっと追い越していった。

数メートル先でその車が停まり、男が一人降りてくる。下を向いて歩いていた凜には、男の靴だけが目に入っていた。

「こんにちは」

耳に馴染んだ声に顔を上げ、思わず目を瞠った。目の前にはひどく印象的な男性が立っていた。

一目見て、凜はそれが誰だかわかってしまった。

「ゆ……勇成の、お父さん……？」

「正解です」

声までそっくりだった。さすが親子だ。

勇成の父――笠原《かさはら》琉永《りゅうえい》は「よく出来ました」とでも言わんばかりの顔をしているが、そんなものは誰だってわかるだろうと思った。クイズにもならない。

五十歳だと聞いているが、見た目はもう少し若く見える。だがけっして若作りしている感じではなかった。服装一つ、あるいは表情一つで、相当に印象が変わりそうな気がした。そしてただ立っているだけでも道行く女性が振り返るほどの美丈夫だ。イケメンという言葉は彼には軽すぎるだろう。

勇成が年を重ねたらこうなるのかと思わせる風貌《ふうぼう》なのに、雰囲気は違っている。

確かに遊び人ふうだ。なのに軽くはなく、代わりにとても洒落た雰囲気を持つ人物だった。凜が知るどんな大人ともタイプが違った。

「えっと……」

「直木《なおき》凜くん」

「は、はい」

「ちょっとお義父《とう》さんに付きあって」

声はそっくりなのに柔らかさが違うなと思った。それに表情の作り方だ。勇成とは違い、琉永は全体的にソフトな印象を抱かせる。

「はい、乗って乗って」

「え、えっ？」

琉永は自然に凜の肩を抱き、流れるようにして車の後部座席に乗り込んだ。あまりにも自然過ぎて抵抗も出来なかった。

運転手がドアを閉めた音で凜は我に返った。

「ちょっ……あの困ります！　あっ、初めまして！」

挨拶をしていなかったことを唐突に思いだして慌てて頭を下げたら、琉永は目を丸くした後、ぷっと噴き出した。

「おもしろいねぇ、凜くん。それに可愛い」

「は、はぁ……」

「バカ息子《むすこ》がちっとも君と話させてくれないから、内緒で帰国しちゃった」

語尾がハートマークでもつきそうなほど弾んでいた。五十歳になる大人の男が、と思うと気持ち悪いはずなのに、なぜか琉永にはあっていた。

「凜くん、お母さんがルキニア人なんだって？」

「そうです」

「勇成から少しだけ話を聞いているよ。本当はもっといろいろと知りたかったのに、ちっとも話してくれなくてね」

「そ……そうなんですか……」

「名前と年と、ルキニア人とのハーフで同じ大学、ってことしか言ってくれなくて。ああ、妖精《ようせい》の絵、モデルは君なんだってね。それも言ってくれなくて、鎌かけてようやく聞き出したんだよ」

琉永はにこにこと笑っているが、凛はぎこちなく曖昧《あいまい》な笑みを浮かべることしか出来なかった。

心がまえもなく勇成の父親と会ってしまい、ひどく緊張しているし、相手が凛のことをどう思っているのかが、まったくわからないから少し怖い。

勇成からは、父親に凛と恋人同士だということは言っていない、と聞いていた。隠す気はないが、自ら言う気はないらしい。だから凛からは下手なことが言えなかった。

「あの勇成が、誰かと一緒に暮らせるなんて思わなかったよ。どう？　上手くいってる？　ケンカとかしてないかな？」

「し、してません……」

同棲《どうせい》自体に問題はなにも起きていないし、二人の関係にも波風というほどのものは立っていなかった。ただ少し、凛が勝手にいじけてしまっていただけだ。

「よかった」

琉永は先ほどから凛をじっと見つめていた。そのあいだもずっとにこやかに笑っているのだが、凛にはかえってそれがプレッシャーとなった。なにか裏があるような気がしてならないのだ。

もちろん考えすぎの可能性のほうが高い。勇成と恋愛関係にあることで、その親に対して後ろめたさを感じているせいもあるのだろう。

どうしたものかと考えているうちに、車は路肩に停車していた。

目の前には再開発で出来た商業ビルがある。国内屈指のデベロッパーが建てたものの一つで、オフィス以外にもショップや飲食店が多数入っているのだ。凜は行ったことがないが、情報としては知っていた。

「行こうか」

「え、ど……どこへ、ですか？」

「勇成が来るまでの時間つぶしだよ」

「あ、呼んだんですね」

思わずほっとしたのは仕方ないことだ。勇成の父親と言えども初対面なのだし、友人を装うのも気疲れする。琉永の認識を上手く探れるほどのスキルはないのだ。

促されて車外へ出ると、車はどこかへ行ってしまった。

「ちょっとそのへんを見ていようか」

「あ……はい」

賑《にぎ》わうビルに足を踏み入れ、ゆっくりと歩く琉永についていく。身長はやや勇成のほうが高いようだが、彼も十分に長身だ。手脚が長くてスタイルがよく、黒いレザーコートがとても似合っている。女性が思わず、といったように見ていくのも当然だと思った。成熟した大人の男の色気があるのだ。

「親子に見えるかなぁ？」

「え？」

「違う意味のパパ、だったりしてね」

「ま……まさかぁ」

ははは、と笑ってみせながらも内心は穏やかではなかった。男同士での恋愛、あるいは肉体関係を匂《にお》わす言葉だったからだ。

これは鎌をかけられているのか、あるいは意味のない軽口なのか。

凜は身を固くしながら琉永の横を歩いた。

「ちょっと服でも見ようか」

「え？」

「凜くんに似合いそうだ」

「は……？」

腕を取られてテナントの一つに入ってから、言葉の意味を理解する。店内に並ぶ服は、明らかに琉永が着るような服ではなかった。十代から二十代前半といったラインだった。

「すっかり春物だね。うん、これは可愛いな」

少しくすんだパステルカラーのジップアップパーカーを手に取り、凜に押し当てた。そうして頷くと、今度はカットソーとデニムのパンツまで選び出した。

「着てごらん」

「え、いやでも……」

「おじさんの我儘《わがまま》に付きあってくれないか？　実はね、息子とこうやって買いものをしてみたかったんだよ。でも勇成は知っての通り、ああだろう？」

「そ……そうですね」

思わず想像してしまった凜は、薄ら寒さを覚えて顔を引きつらせた。よく似たこの父子が仲よくショッピングだなんて、視覚の暴力ではないだろうか。二人とも絵になる美形だというのに、その絵面《えづら》は妙に怖そうだ。

「じゃ、よろしく」

いつの間にか服は店員の手に渡っており、凜はその店員によってフィッティングルームへと案内された。

どうやら暇つぶしに息子役をやればいいらしい、と凜は納得した。少なくとも着替えたりしているあいだは、琉永と話さなくていいのだ。車内での十数分と比べたら、ずっと精神的に楽だと言えた。

十分な広さがあるフィッティングルームで着替えをしていると、ふいに視線を感じた。

「ひっ……」

顔を上げて目にしたのは、鏡に映る男の顔——ようするに琉永の顔だった。カーテンを少し開いて覗き込んでいたのだ。

「ああ、ごめん。驚かしちゃった？」

「び……びっくりした……」

まさか覗かれるとは思っていなかった。すでにカットソーは身に着けていたし、仮に裸でも男同士だから騒ぐ気はなかったけれども、あまりにも予想外の行動だ。あまり褒められたものではないだろう。

琉永は気にした様子もなく、にこにこと笑っている。

「やっぱり似合うね。それに、間違いなくその肩だよねぇ」

「え？」

「妖精とか天使の背中だよ」

つまりカットソーを着る前から見ていた、ということらしい。どう反応したらいいものか、凜は戸惑うばかりだ。

「服、脱いだら店員さんに渡してね」

「はい」

「もう覗かないから、ごゆっくり。あっちでお茶飲んでるね」

「はぁ……」

なぜか店の一角で茶が振る舞われるらしい。店内のディスプレイだと思っていた小さな円テーブルと椅子《いす》が使われるようだ。どう考えても通常のサービスではなさそうだった。ここの服のラインを考えると、琉永が常連ということはなさそうだから、彼の魅力に店員がやられたと、いうことなのかもしれない。

凜は背後を気にしながら元の服に着替え、フィッティングルームから出たところで、待ちかまえていた店員に服を渡した。

そうして琉永の元へ行った。

「えっと、終わりました」

「うん。サイズもぴったりだったね。着心地もよかっただろう?」

「はい」

あらためてブランド名を確認してみたら、勇成がたまに凜へのプレゼントに買ってくるブランドと同じだった。さすが親子と言うべきなのか、息子の趣味を知っているだけなのか、いずれにしても少しいやな予感がした。

「お待たせいたしました」

「ありがとう」

琉永が店の名前が入ったペーパーバッグを受け取ったとき、凜は予感が当たったことを知った。どう考えても中身は先ほど試着した服だ。いつの間に会計をしたのかと疑問を覚えたが、試着のあいだになにかやりとりがあったのだろうと納得した。

店を出てすぐに、琉永はそのバッグを凜に渡そうとしてきた。

「もらって」

「ダメですよ、そんな……っ。無理です。理由がないですし……！」

「お近づきの印に、っていうのは理由にならない？」

「ものによりますけど、これはないと思います」

値札は見ていなかったが、初対面の相手にぽんと買う価格ではないはずだし、試着したものすべてならば三点あるのだ。それに勇成が知ったら、眉をひそめそうな気がする。怒るほどではないだろうが、不快感はあらわにしそうだ。

差し出されたバッグを前に困惑していると、ぽんと頭に手を乗せられた。

「うん、いいね」

「はい？」

「いや、勇成がずいぶんと貢《みつ》いでるみたいだったからね、ちょっと心配していたんだ。試すようなことをして悪かったね」

「え、僕試されてたんですか……？」

凜は目を丸くして、まじまじと琉永を——初めてまともに彼を見つめた。いままでは目をあわせても長い時間ではなく、意図して目よりほんの少し下に目線をあわせていたのだ。

「やさぐれ息子が、初めての恋に目を曇らせてるんじゃないか……って、まぁ僕は別にそれでもいいんじゃないかって思ってたんだけど、父がね……ああ、勇成のお祖父《じい》ちゃんが孫可愛さに落ち着かなくて」

「お、お祖父さん……」

「大丈夫。帰国はしてないから」

「そ……そうですか」

思わず大きく安堵《あんど》の息をついてしまった。この上祖父まで登場して目の前に立たれたら、キャパシティーは完全にオーバーすることだろう。

琉永は相変わらずにこやかだ。だがさっきまでとは少し感じが違うように思えた。

「これはお詫《わ》びに」

「……ありがとうございます」

あまり拒むのもかえって失礼かと思い、ここは素直に受け取ることにした。わざわざ「詫び」という言葉を使った意味を無視したくはなかった。

「息子とショッピングしてみたかった、っていうのは本当だよ。本当は娘だったんだけど、凜くん可愛いから十分満足」

「はぁ」

これは言葉通りに受け取っていいのだろうか、あるいは深読みしたほうがいいのだろうか。

そもそも好意を抱かれているのか、そこからして確信が持てない。相変わらず緊張をみなぎらせたまま凜は琉永の後をついてビルを出た。

先ほどの車がすっと横付けされた。

「よし、今度こそのんびり勇成を待とうね」

場所移動するらしく、同じようにまた車に乗り込んだ。

「本当は食事でも、って思ってたんだけど、時間が中途半端だから諦めたよ。今度また、ちゃんと約束しようね。なにが好き？」

「好き嫌いは、ないですけど……」

「そう言えば家事はどっちがしてるの？」

「どっちもです。ご飯は僕が作ってますけど。あ、でもまだ初心者で上手くないです」

「そうなんだ。ああ、そういえばどうやって知り合ったかな」

「きっかけは、勇成が僕がルキニアのハーフだって知って、質問しに来たんです」

凜は慎重に言葉を選びながら答えた。黙っているようなことではないし、嘘をつく理由もなかった。

「質問？」

「あの……ちょっと体質で悩んでたっぽくて」

「ああ、あれね。勇成の体質については当然知っているんだよね？」

「はい」

「本気で好きな相手が出来たら解決する問題だったのにねぇ。ま、知っててそのへんは教えなかったんだけど」

爽《さわ》やかに笑う琉永には悪びれたところがまったくなかった。実際悪意はないのだろうが、勇成がいろいろと投げやりになるほど持てあましていた問題だけに、凜は少しだけムッとした顔を晒してしまった。

「なんで教えてあげなかったんですか？」

「作ろうと思って作れるものじゃないでしょ。本気で好きになれる相手なんてものは。それと、メリットとかそういうのを抜きにして好きになれる相手を見つけて欲しかったし」

「それは……」

「なるようになったみたいだしね」

意味ありげな自然を向けられ、凜は身を硬くした。やはりどう考えても、琉永は凜たちの関係を知っていそうだ。

「で……でも、それって我慢出来る程度になるってだけですよね？　その、たとえは悪いかもしれないけど、禁煙状態の人みたいな……」

「禁煙ねぇ……」

琉永の苦笑はたとえの悪さのせいだと凜は思った。実はまったく別の意味だなんて、このときは思いもしなかった。

「あの、笠原さんは……」

「お義父さん」

「はい？」

「わたしのことは、ぜひお義父さんって。もちろん義理の父って書くほうね。あ、パパでも可だよ」

凛はぽかんと口を開けた。一体この人はなにを言い出すのだろう。口調にも表情にも真剣みはないが、だからといって冗談とも言い切れないのが厄介だ。嫌です、と言うほどの勇気もなかった。

「可愛い子供が欲しかったんだよ」

「子供って年じゃないです」

「可愛ければいいの。ビジュアルもだけど、こうやって一緒に出かけられるような……ね。勇成だったら無理矢理連れ出しても、途中でさーっと消えてるよ。だいたい自分そっくりな子供じゃ楽しくないよね」

凛は頭を抱えそうになるのを必死で耐えた。よくわからない理由だが、とりあえず勇成の琉永に対する評価――変人、というのは納得出来た。

「うん、さすがわたしの息子は趣味がいい」

「あ……あの……」

「さっきね、キスマーク見えちゃった」

にっこりと笑顔を向けられ、凜は言葉をなくした。青い顔をしていいのか赤い顔をしたらいいのか、まったくわからなかった。

「百面相だねぇ」

「う……」

「僕はね、会いたくない相手に自分から会うタイプじゃないから。で、嫌だと思う相手とか嫌いな相手には、仕事以外では絶対会わないんだよ」

ぽんぽん、と頭を撫でられ、身体から力が抜けていく。抱えたバッグごとシートに沈み込み、ほうけた顔で琉永を見つめた。

つまり凜のことは嫌いじゃないのだ。

「い……いいんですか？」

「なにが？」

「僕、男ですし……」

「知ってます。別に性別はどうでもいいんだよ。わたし自身は無理だけど、否定はしない。むしろね、この体質に否定的で、恋愛に対しても投げやりだったバカ息子が変わってくれたからね。嬉しく思ってるよ。父も……ああ、勇成のお祖父ちゃんもそう言ってたよ。心配しつつもね」

「あ……ありがとうございます」

「いや、いつか刺されるんじゃないかって、思ってたからねぇ……よかったよ」

琉永はそれからひとしきり勇成の行いを否定していった。いわゆるダメ出しだ。彼に言わせると、立ちまわりが下手すぎたらしい。そうは言いつつ過去に注意一つしなかったのだから、それもどうかと凜は思った。

「末永くよろしく」

「こ、こちらこそ」

「で、君はうちの嫁《よめ》なんだから、遠慮なくパパって呼んで。ほらほら」

「いやいや、それはさすがに」

無難に名字《みょうじ》か、せめて下の名前で呼ばせて欲しかったのに、琉永は頑として譲らず、仕方なしにお義父さん呼びになった。いくらなんでもパパはない。

くだらない押し問答をしているうちに、車は目的地に到着していた。

「え……」

数寄屋造《すきやづくり》の門をくぐった先は、いかにも格式の高そうな建物がそびえ立っていた。まるでテレビなどで見る料亭のようだ。

「こ、ここは……」

「親の……ああ、勇成の祖父の家というか、まぁ実家だね。いまは留守宅だけど」

留守宅とはいえ、きちんと管理はされているようだ。人を雇っているのだろう。以前勇成がなにかのおりに、実家は料亭のようだと言っていたことがあるが、まさにここがそうなのだ。

「すごい……」

「勇成の祖母……ようするにわたしの母は、由緒正しいお家柄でね。残念ながら絶えてしまったけど」

「はぁ」

ルース家とはまた違う方向ですごい家だ。というより、ルキニアにあるあの屋敷は現実味が薄すぎる。むしろこちらのほうが素直に「立派だ」「すごい」と思えた。

凜は琉永の後をきょろきょろしながらついて行った。

一番眺めがいいという部屋に通され、なぜか卓の片側に並んで座った。

庭は見事な日本庭園だ。庭木などの手入れも行き届いていて、池や灯籠《とうろう》があり、築山《つきやま》も見える。

運転手を務めていた男性はお茶を出し、すぐに退室していった。

「もうすぐ勇成も来ると思うから、そのあいだにルキニアの話でもしようか。わたしはルキニアに関しては勇成よりずっと詳しいよ。何度も行ってるし、現地の知りあいも多い。ルース家のことも少しは知ってる」

「……少しって、どのくらい？」

「うーん、いわゆる都市伝説的な話だね。噂程度だけど」

「もしかして〈祝福〉とか？」

「そう、それ。非常に興味深いね。あの家は、なんていうか……ルキニアって国を象徴してる家だね。不思議の塊だ」

「はは……そうかも……」

琉永の言葉に実感が籠もっているのは、彼らの体質のせいもあるのだろう。

「ところで、凜くんのご家族もうちのを認めてくれたんだってね」

「え、勇成ってそれは言ったんですか？」

「いや、別口。ルキニアの知りあいって、ルース家の人だから。ご当主の旦那《だんな》さん」

「マジですかっ……？」

「顔見知り程度だったんだけど、勇成が年末年始でお邪魔した後、あちらから声をかけてくださってね。いろいろと教えてくれたんだよ。実は帰国する前にルキニアに行って、君のご両親とも会って話したんだ」

「えええ！」

そんな話は一言も聞いていない。一昨日《おととい》も母親からメールが来たのに、なにも言っていなかった。おそらく、親同士で内緒にしようとでも決めたのだろう。

いまみたいに凜を驚かせるためだけに。

琉永はくすりと笑った。

「勇成に不満はない？」

「……はい」

「そのわりに浮かない顔だけど？　もしかして、勇成のセックスに身体がついて行かないとか？　満月のとき、大丈夫だった？」

「なっ……」

こんなことを恋人の父親に言われて動揺しないわけがない。赤くなったり青くなったりしながら、凜は百面相を晒した。

ますます琉永の笑みは濃くなった。

「ご両親から聞いたよ。君の特殊性も、それが消えてしまっていることも」

「そんなことまで……」

さすがに両親はセックス云々《うんぬん》までは言わなかっただろう。というか、そもそも勇成の体質については詳しく語っていないのだ。彼らに言ったのは、新月のときだけ眠るが後はずっと起きている、というところまでだった。

そして琉永も、初対面の相手にそこまでは打ち明けないはずだ。

「満月の勇成は大変だろ？」

人の悪い顔をしている。これは半分からかっているのかもしれない、と思いつつ、一応正直に言うことにした。

「……このあいだは、すごく我慢してくれました……」

「ということは、いままではしてなかった？」

凜は黙って頷いた。さすがに二十四時間ずっとしていた、なんて言えるはずもない。勇成の父親だから、言わなくても察してしまうかもしれないが。

なにしろ同じ体質なのだ。

「あの、お義父さんはどうしてるんですか？」

「どう、とは？」

「えっと、つまり……衝動って丸一日続きますよね？　でも普通の人は付きあえないじゃないですか。前の勇成みたいに、何人も……？」

「もう若くないから」

にっこりと笑うその顔は、なにか含みを感じさせた。

「でも十代とか二十代の頃はどうだったんですか？　いまだって恋人がいるのに、いろんな人とも付きあってるって聞きました。それって……」

批難するようなことを口走りそうになり、凜はすんでのところで言葉を呑み込んだ。どんな付きあいをしようがその人の自由だ。傍《はた》から見たら不誠実でも、別の角度から見たらそうじゃないかもしれない。まして本人たちが納得しているのに他人がとやかく言うことではないだろう。

だが琉永は気にした様子もなく、大きな手で凜の頭を撫でた。

勇成にそっくりな手だった。

「いいよ、全部話してごらん」

勇成によく似た、だが違う人に促されると、まるで誘われるように感じた。するすると言葉が出て来そうな気さえした。

「僕……一人じゃ、勇成を満足させられないんじゃないかって、思って……気持ちがあれば、っていうのはわかってるけど、でもそれだけじゃダメかもって。それに勇成がつらいんじゃないかって……」

凜はそれをきっかけに、いろいろな話をした。勇成と身体の関係が始まってから、思い込みと自覚のなさで拗《こじ》れたことや、アーネストたちのことまで、凜のなかにあったものはすべて吐き出すつもりでしゃべった。順序立てて話す努力はしたが、多少はあちらこちらに逸れたり戻ったりしながら。

琉永はときどき相づちを打つくらいで、黙って話を聞いてくれた。

「やっぱりバカ息子だねぇ」

話を聞き終えた後の、琉永の感想だった。相変わらず、彼は意味ありげな微笑を浮かべていたが、凜に向ける目は優しかった。

初対面なのに、勇成の父親というだけで安心出来る。変人だと聞いていたが、あれは勇成の悪態なのかもしれない。琉永もまた、とても言い慣れた感じで「バカ息子」と言っているくらいだから、普段から彼らはこうなのだろう。

やがて遠くから凜を呼ぶ声が聞こえてきた。

外から、のような気がした。

「うん、早い早い」

「勇成？」

どう考えてもそうだなぁ、と思っていると、勇成の姿が庭に現れた。走ってきて、そのままガラリとガラス戸を開け、ずかずかと上がり込んできた。

「凜」

勇成は父親の手を払いのけ、凜を抱き寄せてしっかりと腕で囲った。睨み付けるような目が琉永に向けられていた。

睨むといってもそこに憎しみやら恨みやらはない。もちろん嫌悪もだ。

「なにもしてねぇだろうな」

「一緒にショッピングをしたよ。ああ、服はそこ。あ、おまえが金を出すなんていうのはなしだよ。これは可愛い義理の息子へのプレゼントなんだから」

琉永に先手を打たれ、勇成は舌打ちをした。どうやら本当に金を出す気でいたようだが、さすがは父親だ。

「それと、着替えを覗いちゃった」

「ふざけんな！」

「いや、確認したくてね。おかげで二人の関係を正しく把握出来たし、凜くんの体質が変化したこともわかったし」

「もっともらしいこと言いやがって」

「本当だって。いくら可愛くても、凜くんに性的な興味はないよ。あ、あの絵のモデルとしてはあるかな。絵の通りの身体付きで、ちょっと嬉しかったなぁ。本物だ、って思ったよ」

なんだか妙に嬉しそうだった。まるで好きな芸能人にでも会った一般人という様子で、勇成も毒気を削《そ》がれてしまった。

代わりに呆れたような重い溜め息をついた。

「二度と見んな。それだけか」

「頭は撫でたよ。甲斐性《かいしょう》なしの恋人に、悩んでたからね」

「お義父さんっ！」

とっさに口にした呼びかけに、勇成が目を瞠る。そしてあり得ないものを見るような目を

実の父親に向けた。

「なに喜んでやがる」

「だって凛くん可愛いからねぇ。凛くんを選んだことだけは褒めてあげるよバカ息子」

「別にあんたに褒めてもらわなくても結構だ」

「またまたー、パパに褒められて嬉しいくせに。あ、そうか。初めてストレートに褒めたのもあの妖精の絵だったね。凛くんモデルの。天使バージョンも素晴らしかったよ。あれをシリーズ化するといい。ニーズは高いよ」

父親というよりも一人のアーティストとしての言葉らしい。業種は違えども、琉永の感性がそう訴えているらしい。

勇成は黙っていた。なにも言わないのは異論がないということだった。

「で、それはそうとね……君はいまでも満月と戦っているのかい？」

質問の意味があまりよくわからなかった。凛はそうだが、勇成はわかったらしく、だがなにも言わずに目を逸らした。


よくわからないうちに勇成の実家まで連れていかれた凛は、これまたよくわからないうちに勇成によって自宅に連れ戻された。

さっきからずっと会話がない。勇成はなにやら考え込んでいる様子だった。

「どうしたの？」

目に動揺が現れたのは、琉永の最後の一言からだった。あれから勇成はどうにも様子が変だった。

あの質問にどういった意味があり、意図があるのか、凜にはよくわからなかった。

ソファに並んで座り、どこか困惑気味の勇成をじっと見つめる。

切り出そうとしているが、上手いきっかけの言葉が出てこない。勇成の様子はそんなふうに思えた。

（なんだ、案外わかるじゃん……）

嘘がわかるのとはまた違う話だが、凜にも勇成の機微というものが少しはわかるようになったらしい。いまの勇成がわかりやすいというのもあるけれども。

「実は……」

切り出した勇成が、凜を見つめた。

なにを打ち明けられるのだろうかと、ドキドキする。琉永の言葉から考えると、満月のときのこと――つまりセックスに関することではないかと推測するが。

「結構前から、満月の衝動はなくなってたんだよ」

「は……？」

そんなはずはない。満月に入ったときの勇成は、普段と違って本能的な部分が強く出ていたし、行為も激しかった。目だってギラついて餓《う》えた獣のようだったではないか。

「本気の相手だと、実は一回でも満月の衝動ってのは収まるみたいなんだよな」

「え？　え、ちょっと待って……収まるってどういうこと？　だって勇成、全然そんな感じなかったよね？」

まさか、と凜は青くなる。

勇成が満月のときに一度の行為で収まっていた、なんてとても信じられなかった。実際、彼は貪るように丸一日凜を抱き続けてきたわけだし、先日だって衝動に耐えているふうだった。

つまり凜は本気の相手ではなかった、ということになってしまう。

ガラガラと足元が崩れるような錯覚がした。

「違うからな……！」

がしっと肩をつかむ手が思いのほか強く、勢いに釣られるように凜は顔を上げた。いつの間にか俯いていたことに気がつかされた。

勇成の目に映る自分は、きっと不安に押し潰されそうになっているに違いない。

「満月なんか関係ねぇ。あれは、俺が止まんなかったってだけだ……！　凜が欲しくてたまんなくて、凜が全部受け止めてくれるからってつけ込んでたんだよ」

月に一度だけ、欲望のまま凜を抱き続けられる。それをいいことに勇成は思う存分、凜を堪能していたに過ぎないという。

ぽかんとして話を聞いていた。

ようするに、勇成は常日頃から満月のときのように凜とセックスしたいと思っているらしい。もちろん無理な話だったのだが。

「そ……そんなことだったの……?」

「そんなことなんだよ。証明してやろうか?」

「あ、いやあの……なんで、黙ってたの?」

「本当のことを知ったら引かれそうだからだ。しなくても大丈夫ってわかったら、させてくれなくなりそうだし」

「はぁ」

つまり……と、凜はいろいろと思い出す。先日の満月のとき、勇成が我慢していたのは月の影響でもなんでもなかったのだ。琉永の問いかけの意味もようやくわかった。

力が抜けた。

「なんだ……」

「黙ってて悪かった」

「うん。でもやっぱり嘘はついてないんだね」

「凜に嘘はつかねぇよ」

「ついてもわかんないよ？」

「俺のなかのルールだからな」

いまの凜には嘘はわからない。だが勇成の言葉は信じられると自然に思えるし、真偽なんてわかる能力がなくても、目の前に勇成がいれば不安になることもない。

「あのさ、取り柄とかそういうの、ろくにないんだけど……それでもいいのかな？」

「関係ねぇ。特技並べりゃ好かれんのか？　俺が絵を描けなくなったら、おまえは俺に魅力感じなくなったりすんのか？」

「違うけど……」

「そういうことだろ」

とてもシンプルな話だ。凜はよくわかっているような気になっていただけで、実はわかっていなかったのかもしれない。

軽く触れるだけのキスをして、目をあわせて笑いあう。なんだか久しぶりに心が軽くて、引っ張られるように身体も軽い気がした。

「いまから証明してやるよ」

「な、なんの話……っ？」

「満月なんて、関係ねぇって話」

目を丸くする凜に向けて、勇成は獰猛《どうもう》なケダモノの目をしてぺろりと舌を舐《な》めた。


「あっ、ぁあ……ん、あ……気持ち、い……っ」

自分の声がどこか遠くから聞こえるような気がしていた。

頭のなかはずいぶんと前からとろりとした甘いものに犯されていて、全身がなにか別のものになってしまったように感じられる。

感覚はとてもはっきりしていた。でも思考が散漫で、まるで夢でも見ているように思えて仕方なかった。

絡みあう舌先はキスのしすぎで少し痺れて、だからたまに発する言葉らしきものは、ひどく舌足らずだった。

可愛い、と言って勇成が喜んでいることなんて、凜はもう気付けもしない。

膝に乗せられた凜は、かろうじて薄手の白いシャツが腕に引っかかっているという心許《こころもと》ない格好だ。

「すげぇイヤラシイな」

全裸よりも、と勇成は満足そうに笑った。

そんな勇成はほとんど衣服を乱していないのだから、凜が正気だったら狡《ずる》いと拗ねたことだったろう。

「んぁ……っ」

勇成が屈《かが》むようにして乳首を舐めて、凜は仰《の》け反《ぞ》った。

崩れ落ちてしまいそうな身体は、勇成の腕がしっかりと支えていた。

ソファの上という、凜にとって安定にかける場所だが、勇成は凜を落とすつもりも離すつもりもなかった。

身体を繋いで、もう何時間たっているかわからない。勇成は凜のなかに入った後、動くことなくただ愛撫を続けて、ときおり思い出したように軽く動いては、また飽くことなく愛撫を繰り返した。

激しく擦《こす》られるわけではないから結合部分が痛むようなことはないし、意識が飛ぶような絶頂感を与えられるわけではないから、体力が激しく奪われることもない。

それでも凜はもう自分では動けなくなっていた。感じるままに弱々しく身を捩《よじ》るのが精一杯だ。

「ゆう、せ……」

「ん？」

呼びかけに意味はなく、力の入らない腕でしがみつく。ソファに深くもたれる形になった勇成は、ふっと笑ってまた唇を塞いできた。

かなり前に互いに一度だけいったものの、それ以降もずっとキスを繰り返したり、凜の喜ぶところを弄ったりするばかりだ。

それでも凜の性感はどうしようもないほど高まっていて、軽く肌を撫でるだけで気持ちがいいと身悶えてしまう。

快感の波はひっきりなしに押し寄せて来ていた。だがすべてを押し流すような激しい波ではない。ひたすら甘くて、凜が芯《しん》からぐずぐずになっていくような、緩やかな快楽だ。

「も……溶け、そ……」

気持ちがよくて、それはそれでとても満たされているのだが、身体が「もっと」と望んでいることにも気付いてしまった。

「いつも、みたいに……ぐちゃぐちゃに……して……っ」

激しい熱に抱かれたくて、たまらない。なすすべもなく溺《おぼ》れて、翻弄《ほんろう》されて、そのまま理性も恥もすべて投げ捨ててしまいたかった。

勇成はふっと笑った。

「いいぜ」

「あぁっ……！」

軽く下から突き上げられ、凜は悲鳴じみた声が出た。

勇成は両の脚を抱え、凜の身体を上下に揺さぶりながら激しく突き上げる。ガツガツと穿たれるたび、全身を電流のような快感が突き抜けていった。

よくて、よくてたまらない。何度も弱いところを内側から擦り上げられ、今度は強い絶頂感が立て続けに襲ってきた。

「ああっ、あ……！　やっ、あ、あっ……！」

大きく全身を震わせた後、凜は続けて何度もやってくる快感に背をしならせた。腿《もも》から腰にかけての痙攣《けいれん》が止まらなくなり、怖いと言って泣きじゃくる凜を、勇成は容赦せずになおも追いつめる。

乳首を軽く嚙《か》まれ、後ろが勝手にまた勇成を締め付けた。

「さ、触……ない、でっ……」

全身が敏感すぎるほど敏感になっていて、少し触られるだけでも簡単にいってしまいそうだった。

なのに勇成はそれすらも楽しんでいて、凜の懇願を聞き入れないばかりか、余計に歯や舌先で感じやすいところを弄りまわす。

「いやぁ……っ」

甘い悲鳴なんて無視だった。

凜を感じさせながら勇成は自らを引き抜いて、場所をベッドに移す。そうしてもう一度また身体を繋ぐ。

勇成は凜を離そうとしなかった。

凜は何度も意識を失ったが、目を覚ますと身体は繋がっていて、また愛撫に泣かされ、後ろへの緩やかな責めに喘がされた。

そうやって結局、本当に翌日の昼過ぎまで、凜は勇成に翻弄され続けたのだ。


起き上がれなくなるほど愛されてベッドの住人と化した凜が、なんとかまともに歩けるようになったのは旅行当日の朝だった。

勇成が離してくれたのが一昨日の昼過ぎだったので、回復までに一日以上もかかってしまったわけだ。

二度と証明はしなくていいと訴えたのは言うまでもなかった。

「よし、出来た」

旅支度《たびじたく》は素早くすませた。

荷物はコンパクトに。どうしても足りないものは現地調達という勇成の主張に従い、凜の荷物は小振りなボストンだ。

「あ、酔い止め買わなきゃ」

「酔いやすかったか?」

「いままで違ったけど、わかんないじゃん」

細かく不便なことが出てきているのは確かなのだ。戻るのか、このままなのか、それは誰にもわからない。凛としては、別にこのままでもいいかと思い始めていた。

「行くか」

「うん」

電車の時間に間にあうようにマンションを後にする。駅まではタクシーの予定だ。

楽しみにしていた旅行が、スタートした。だがエントランスを出たところで、凛は思わずまわれ右をしたくなった。

「おはよう。実にいい朝だね」

うさんくさいほどの笑みを浮かべて近付いてくるのは、とっくに帰国したかと思っていたアーネストとシリルだった。

しかもアーネストはシリルの腰を抱いて悠然としているし、シリルはどこかバツが悪そうな顔をしつつも、腰の手を振り払おうとはしなかった。

目立つ外国人の男同士がくっついていることで、住人らしき人が、見てはいけないものを見たような顔をして足早に通り過ぎる。

いたたまれない。出来れば自分たちも同類とは見ないでくれ、と思った。いや、おそらく同類なのだが、凜たちには世間体《せけんてい》というものがある。

「いちゃつくならよそでやれ」

勇成はいつものことながら容赦がなかった。

「まぁまぁ。世話になったから、挨拶をと思ってね」

「いらねぇよ。っていうか、まだ日本にいたのか」

「あれ、言ってなかったかな。日本支社を立ち上げることになってね。これでも一応オフィサーなんだよ」

だから社会人なのに、日本でのんびりとしていたのだ。てっきり長めの休暇でも取っているのかと思っていた。

「じゃあ二人とも当分日本に？」

「そうなるね」

アーネストがシリルを見る目が妙に甘ったるい。勇成も当然気付いていたが、それよりも早く出発したがっていた。

そして今日のシリルは妙におとなしかった。

「具合でも悪いの？」

「ああ、少し激しくし過ぎてね」

尋ねたのはシリルにだったのに、答えたのはアーネストだった。それも満面の笑みだ。すでに凜は辟易《へきえき》していた。

「あ……はい……」

遠い目をした凜の肩を、宥《なだ》めるように勇成が軽く叩《たた》く。

人の振り見て我が振り直せ、とはよく言ったものだ。絶対にこういうことは第三者に言わないようにしよう、と心に決めた。ただし凜は、ここまで露骨に惚気《のろけ》たり赤裸々に床事情を語ったことはない。ないはずだ。自信はなかったが。

「つまり、ただの性欲処理の関係じゃなくなった、ってことだな?」

「もちろんだよ」

「ずいぶんと急に変わったもんだな。シリルはともかく」

つい先日まで、アーネストはシリルを意識していなかったはずだ。従兄弟としての情はあっても、恋愛対象としてはまったく視界に入っていない様子だった。それがこの有様だ。一体なにがあったのかと、凜は少しだけ興味があった。

「可愛いシリルの本心を知って、とても愛おしく感じてね。本当の気持ちを知られたら重いと思って相手にしてくれなくなるかも……なんて恐れていたそうだよ。実に可愛らしいだろう?」

「つまり、そういうところにきゅんと来た、ってこと？」

「恋に臆病《おくびょう》なシリルが、とても可愛らしくてね」

「あー……うん、でも、よかったです」

領く凜の隣で、勇成はうんざりとした顔をしていた。他人の惚気なんて、胸焼け以外起こさないものなのだ。それでも否定や悪態を口にしなかったのは、勇成なりに祝う気持ちがあるからだろう。それ以上に、まとまってくれてよかった、という思いが強いのだが。

「ところで、これから旅行かい？」

「そうだ。行くぞ、凜」

「えっと電車の時間があるので、失礼しまーす。あ、二人ともお幸せに」

シリルは一度も凜や勇成の顔を見ないが、いまさら気にしない。あの性格だ。いまさら友好的な態度も取れず、かといって突っかかることも出来ず、黙るしかないのだろう。

「いいね、旅行か。どこへ？」

「言うなよ、凜」

「あ、うん」

あぶない。あやうく行き先を教えてしまうところだったが、いち早く気付いた勇成によって情報漏洩《ろうえい》の危機は脱した。

アーネストのことだ。自分たちも一緒に行く、なんて言い出しても不思議ではない。そしてなぜかシリルも、ここで初めてじっと凜を見つめてきた。

なかなか触らせてくれなかった猫が、突然すりすりと身を寄せてきたような、妙な気持ちになってしまった。

「凜」

手をつかまれて、足早にその場を離れる。勇成の手から伝わる気持ちに、凜はひそかに笑みを浮かべた。

邪魔されたくない。

たぶん彼はそう言っていた。

月の下で

覚えのないアドレスからメールが入ったとき、凛《りん》は正直またか、と思った。迷惑メールのたぐいはよくあるので、最初は気にも留めずに消去しようとしたのだが、サブジェクト欄の「琉永《りゅうえい》パパより」の文字に脱力しそうになった。

「なんで……」

「どうした？」

隣に座る勇成《ゆうせい》は、スマートフォンを気にしながらも覗《のぞ》き込んではこない。恋人であろうとプライバシーは尊重する、というのが彼の姿勢なのだ。いろいろとヤキモキしたり、嫉妬を覚えたりはするようだが、過剰な干渉はしないことに決めているらしい。もっとも多少は束縛する、とは言われていた。

マンション前で待ちかまえていたアーネストたちを振り切り、タクシーでターミナル駅まで行き、予約してあった電車に乗り込んだのが一時間半前だ。窓から見える景色はずいぶんと様子が変わってきている。高いビルは見当たらなくなり、山をバックに家が点在するのどかなものになっていた。

「うーん……」

凛は唸《うな》ってからスマホを勇成に見せた。

「……あのクソ親父《おやじ》」

出た言葉はたったそれだけだった。憎々しげというよりは、呆《あき》れと疲れとやるせなさが入り交じったものだった。

「なんでアドレス知ってるんだろ。勇成教えてないよね？」

「教えるわけがねぇ」

「だよね。もしかしてうちの親かなぁ。いやでも無断でそれはないはずなんだけど……」

アドレスの出所は不明だが、琉永ならばどこからか入手していても不思議ではないように思えた。

メールの内容を見て、凜は苦笑した。

「なんで旅行のこと知ってるんだろ」

「言ってねぇぞ俺は」

「あー、でもこれはうちの親かも。まぁいいや」

考えても仕方ないことは深く考えないに限る。メールには一言の挨拶《あいさつ》と、「今日から旅行だっけ？」という質問だけだったので、そうですと返しておいた。もちろんその前に挨拶は打ち込んだ。

するとすぐにまたリターンがあった。

メールは「勇成の写真撮って内緒で送って」「お土産《みやげ》はお菓子で」という、前半の意図が不明な内容だった。

（なんだろう、これ）

疑問をそのまま本人にぶつけてみたところ、予想外の返事があった。曰《いわ》く、恋人の前で油断した息子の顔が見たいから、とのことだった。しかもその写真を勇成の祖父にも送りたいのだと。

(うーん……まぁ、それならいいかなぁ。ようするにお祖父《じい》ちゃんを安心させたいってことだよね)

まだ勇成の祖父とはいっさいの接触はないものの、いつかは会うことになるのだろう。琉永が凜の話はしてくれるそうで、悪いようにはならないだろうと勇成が保証した。黙っていると心配させると悟ったらしく、すでに勇成も自分から祖父に連絡を取り、凜のことを含めていろいろなことを報告したようだった。

ちゃんと恋人だということも言っていた。凜の目の前で電話したのだ。琉永ほどあっさりと受け入れたわけではかったようだが、嫌悪感を示すことはなかったようだし、頭ごなしに反対することもなかったのは幸いだった。祖父もまた、かつての勇成の行動もその理由も把握していて、すっかりあらためた現在の彼を肯定的に受け止めているらしい。

(勇成も、もっと享楽的に生きられたら楽だったんだろうけど……)

睡眠を必要としない身体《からだ》ならば、普通の人よりも使える時間が多い。それをプラスに考えたのがアーネストで、彼の場合は満月の夜の性的な衝動すらも楽しみに変えていた節がある。どこまでもポジティブだ。だが、聞けば琉永も若いうちからその境地に達していたらしい。

一方の祖父は結婚相手となった女性――つまり勇成の祖母に出会うまでは例の体質を持てあまして悩んでいたそうなので、勇成の気持ちもよくわかるらしい。それでも彼ら親子が勇成に大事なことを教えなかったのは、自ら答えを見つけて欲しかったからなのだろう。けっしておもしろがっていたわけではなく。

(うん、これも孝行ってやつだよね)

凜は了承を伝えてスマートフォンをしまった。

「あいつ、なんだって？」

「お土産はお菓子、だって。洋菓子系がいいのかな、和菓子系？」

嘘《うそ》ではないが、半分しか本当のことは言わなかった。少し心は痛んだが、極秘ミッションを受けたので仕方ないと自分に言い聞かせた。

勇成に疑いを持たれることもなかった。

「あんこだな。あいつ、甘党なんだよ」

「そうなの？」

黙っていれば渋いので違和感があるものの、しゃべり出した彼を考えると似合うような気もした。

「酒も飲むけど、ケーキとかもわざわざ買ってきて食うし」

「へぇ……なんか、見かけによらないね。勇成はそんなに好きでもないよね？」

「まぁな」

勇成にとって甘いものは、出されれば食べるという程度のものだった。苦手ではないが、特に求めてはいない、ということらしい。一方凛は、わりと甘いものが好きだ。コンビニや専門店でときどき買ってきて食べるし、アイスクリームやアイスキャンディーは夏場に好んで食べる。

「今度、お義父《とう》さんとケーキ食べに行こうかなぁ……」

「おい」

「え?」

「ほかの男と堂々とデートかよ」

勇成の表情は苦いものを口にしたかのようで、怒っているわけではないようだが非常におもしろくなさそうな顔だ。

「え、どうしたの」

「本当は嫉妬深いんだって言ったろ」

「でも勇成のお父さんだよ?」

「男には違いねぇよ」

「そうだけどさー……」

凛が従兄弟《いとこ》の俊樹《としき》と会ってもなにか言ったことはなかったし、たまに大学の友達と出かけても悋気《りんき》を見せたことはなかったのだ。もちろんそこは相手に下心がないのを知っているからだが、その条件ならば琉永とて同じことのはずだ。

「親父は腹立つんだよ、なんか」

「どうして？」

「わかんねぇ。俺と似過ぎてんのかもな」

「えーでも性格とか全然違う気がする。それと雰囲気も」

たとえば証明写真のようなもので見れば、二人はそっくりのはずだ。だが実物は受ける印象がずいぶんと違う。それは表情の作り方や立ち居振る舞いなどが違うためだった。

「自分にそっくりの顔であのキャラだから腹が立つんだよ。なんなんだよあれは。ふざけてんのか」

「昔から？」

「ああ。おかげで反抗期は目もあわさなかったな。会話なんてもってのほかだった」

「なるほど……」

いろいろと納得し、凜は小さく頷《うなず》いた。道理で息子との買いものにこだわっていたわけだ。当時はとてもそんな雰囲気ではなかったのだろうし、反抗期を脱した後は後で、一緒に買いものをするようなタイプではなくなっている。

そして勇成の反抗期を想像して、凜はこっそりと可愛《かわい》いな……と思ってしまった。惚れた欲目というやつだ。

「お祖父さんとは？」

「祖父さんとはしゃべってた。親父とのあいだに入ってくれてた感じだな」

「ふーん。どんな人？」

「普通というか、まぁ適度に真面目《まじめ》で適度に砕けてる感じだな。少なくともあのクソ親父みたいに緩くはねぇよ」

「緩いわけじゃないと思うけど……」

柔和とも穏やかとも違うあのマイペースさが表面的なものだとは思っていないが、ただ軽やかなだけの人でないこともわかっている。琉永は琉永なりに、きっと思慮深い大人なのだろう。

気負ったところのない様子には羨望すら抱いてしまう。

「なんていうか……自然体だよね」

「凜は親父のこと気に入ってるよな」

「気に入ってるって言い方は失礼かなーと思うけど、うん……わりと好き。あっ、もちろんそういう意味じゃなくて！」

「わかってるって」

勇成はそう言いつつもおもしろくなさそうだ。若干ふてくされているようにも見えた。

「うちのお父さんはさ、いっつもにこにこ笑ってて優しいし、ちゃんと愛情とかも感じるんだけど、あんまり会話が弾まないいんだよね」

「そうなのか?」

「うん」

勇成が意外に思うのは当然だ。年明けに家族と対面したときは、母親や姉たちもいたので、父親はそもそもあまり口を開かなかったし、凜もいままで父親に関して詳しく話したことはなかったのだ。

「だから、なんていうか……あんなふうに接してくるのが新鮮なんだ。うちのお父さんは、かまってくるタイプじゃなくて」

父親は子供たちに対して平等な人だ。溺愛しても不思議ではない末娘にも凜にも、同じように接してくる。彼が最も愛しているのは妻——凜たちの母親なのだ。だから彼女が、ルース家当主となる姉を支えるためにルキニアへ戻りたいと言ったときも、あっさりと仕事を辞めてついて行ってしまった。それに不満はない。いや、以前は少しあったかもしれないが、勇成というパートナーを得た凜は、父親の気持ちがようやく少しだけわかった気がした。

「そのうちウザくなるんじゃねぇのか?」

「あはは。どうしよう、そうなったら」

そう言いつつも凜はさほど心配していなかった。琉永の活動拠点は海外だから、会う機会も限られると思ったからだ。たまに帰国したときくらい、存分に「可愛い息子」でいてもいいと思っている。

「本当は勇成が付きあってあげるべきなんだよね」

「冗談じゃねぇ。気色悪いだろうが」

「そうかな。大注目だよ、きっと」

誰が見ても親子、あるいは兄弟なのだ。揃《そろ》って長身で美形で、そして雰囲気があるのだから、もし二人が一緒に買いものでもしていたらそこだけ異空間になりそうだ。

話しているうちに、降車駅が近付いてきた。今回の旅行先は歴史のある街で、海が近いこともあって凜は食事を非常に楽しみにしている。この街を拠点にし、あちこちに足を伸ばそうという計画だった。海外へ行こうかという話も出たのだが、年末年始はルキニアにいたので、今回は国内で、ということになったのだ。凜も初めて来る場所なので、事前にいろいろと調べて楽しみにしてきた。

「こういう大きい駅のまわりって、みんなビルばっかだよね」

「それはしょうがねぇよ」

駅から出ると、ホテルがいくつも目に入る。凜たちが予約しているホテルは、ここから車で十分弱のところにあるようだ。小さなホテルながらも必要と思われる設備は充実しているという。

タクシーを拾ってホテルに行き、チェックインをすませて荷物を預けた。これから遅めのランチだ。

「ちょっと待って、場所確認するから」

凛はスマートフォンを取り出して、住所とだいたいの場所を確認した。そしてバッグにしまおうとして、ふと勇成の姿が目に入った。

勇成はロビーに置いてある観光案内のリーフレットを手にしている。

(そう言えば……)

琉永から頼まれていた件を思い出した。本当は部屋に落ち着いてから、リラックスしている姿を撮ろうと考えていたのだが、ああやって手持ちぶさたに立っている様子もいいかもしれない。

「勇成」

声をかけ、振り向いたところをパシャリと撮った。

「おい」

「いいじゃん。油断してても超格好《かっこう》いいよ」

ほら、と笑って撮ったばかりの写真を見せる。勇成は渋い顔をしたが文句は言わなかったし、もちろん消せとも言わなかった。

「じゃあ行こ」

「はいはい」

「お寿司《すし》、お寿司」

「浮かれてるな」

「旅先のテンションかなぁ」

ホテル前からまたタクシーを拾い、事前に決めておいた店へと向かう。

勇成との旅は豪勢だ。大学生の身で移動が当然のようにタクシーというのは、普通はあまりないことだろう。勇成は混んだ電車やバスに乗るのを嫌がり、現在のように収入が出来てからは車移動をするようになったらしい。大学から徒歩数分のマンションを選んだのも納得だ。近々、車を買う予定もある。

「勇成って意外とモノグサだよね」

「意外もなにも、俺はそうだぞ」

「僕のなかではマメな人だったんだよ」

出会った頃から勇成は積極的に動いていたように思う。少なくとも凜から見える範囲ではそうだった。

「おまえに対しては違うってだけだ」

「しれっとそういうこと言うし」

照れてしまうほどの言葉ではなかったが、少しむずむずするのは事実だ。好きな相手から特別だと言われて嬉しくないはずがない。

「えっと……食べ終わったら、観光しようよ。それと市場に行ってお土産買う。俊樹がカニがいいって言うんだよね……高いよね？」

「いいんじゃないか。世話になってるしな」

「まぁね」

どうでもよさそうな態度を取りつつも、俊樹の理解があったからこそここまで来られた部分もあるとわかっているのだ。凜が失恋の痛手に耐えきれずにルキニアまで逃げたときも、俊樹が勇成に居場所を教えてくれたからこそ、早い段階で勇成は追いかけられた。あのまま勇成が来なければ、凜は大学を辞めてルキニアの学校に入り直すこともあり得たのだ。時間をかければ勇成にも凜の居所はつかめただろうが、それが何ヵ月後なのか、あるいは年単位かかるのかまではわからなかった。

それを考えると、カニくらいは送ってもいいかと思えた。その代わりに美味《うま》そうな食事を撮って、夜遅く――空腹感を覚えるだろう時間を狙って送りつけてやるつもりだ。後で文句を言われることは必至だが、そこは承知の上だった。

（あ、そうだ。さっきの写真）

凜はふたたびスマートフォンを手にし、琉永のアドレスに勇成の写真を送る。内緒の作業なので、見られないように少し角度を付けてスマートフォンを持った。

タクシーは二十分近く走って目的地に到着し、港にほど近い場所で凜たちを降ろした。運転手はよかったら帰りにも呼んでくれと言ってカードを渡してきた。

「寿司屋ってよりも酒蔵かなにかみたいだな」

「これだけで美味《おい》しそうな気がしてきた」

写真で見た通りの店がまえにテンションを上げながら、凜は勇成について店に入っていく。もちろん事前に予約しておいた。

旅はまだ始まったばかりで、二日目以降の展開など二人は想像もしていなかった。

凜が目を覚ますと、部屋はもう昼の明るさになっていた。

長距離移動の疲れがあったらしく、ぐっすりと眠りこんでしまった。同じベッドに入っていたはずの勇成の姿はなく、テレビから聞き覚えのあるタレントの声が聞こえてきていた。もちろん勇成はいつものように一晩中起きていたわけだが。

ゆっくりと起き上がり、ようやく勇成の背中が見えた。

リビング部分とベッドルームのあいだに壁はなく、腰高のパーティションで区切られている部屋だ。小さいながらもキッチンが付いている。シティホテルより安くて設備も揃っていないが、ビジネスとしては高めというラインのホテルのなかで、ここは上のクラスの部屋なのだろう。

「おはよ」

「ああ、おはよう」

「うわ、もう十一時過ぎてる……」

十時間近くも眠った事実に凛は啞然《あぜん》とする。眠れない勇成はさぞ退屈だっただろうが、彼はいまだに一度もそういうことを口にしたことがない。

もそもそとベッドから抜け出し、洗面所へと向かう。ちらりと見たら、勇成は絵を描いていた。もう見慣れた光景だった。

身支度を整えたら、途端に腹が減ってきた。

「勇成、朝ご飯食べた？」

「いや」

「じゃあ食べに行こう。朝昼兼用になっちゃうけど」

「なにがいい？」

「うーん……昨日は寿司と洋食屋だったから……あーでも軽い感じでいいかも。なんかパン食べたくなってきた」

「パン？」

「うん、フレンチトーストとかサンドイッチとか。コーヒー飲みたくない？　ちゃんとしたやつ」

「そうだな」

部屋に置いてあるコーヒーはスティックタイプのインスタントコーヒーだ。凜が寝ているあいだに勇成は飲んだらしいが、業務用の安いインスタントコーヒーでは到底満足出来ないだろう。

勇成はスケッチブックをしまうと、小さめのそれをバッグに入れて外出の準備を整えた。凜もコートとバッグを身に着ければいいだけだ。

「あ……そうだ」

玄関まで行ったところで凜は引き返し、使わなかったベッドを適当に乱して戻った。勇成は薄く笑っていた。

「昨夜はしてねぇだろ？」

「そうだけど、なんとなく！」

男同士で泊まっていることなんて清掃係は知らないだろうし、向こうは仕事なのだからいちいち客の様子など気にしないはずだが、これは気分的な問題だった。

「余計なベッドメイクさせちゃうのは、ちょっと悪いなって思うけど……」

「フロントで、ゴミとバスルームだけ頼めばいいいんじゃねぇか。あとタオルとか」

「あ、そっか。言ってくる」

一階に着くと、凜はフロントに行って掃除のことを頼み、外へ出た。今日は昨日よりも暖かく、観光がてら歩くにはちょうどよさそうだ。

ホテルは繁華街にあるので、人や車の行き来も多い。向かいから歩いてくる女性がじっとこちらを見たり色めき立ったりするのもいつものことだった。

「どこ行っても勇成はこれだよね」

「うんざりだろ」

「勇成と僕の気持ちは違うんだよ。うんざりじゃなくて、ムカムカ……だからね」

「それはわかるぜ。俺も、凜をちらちら見るやつに同じこと思ってるからな」

「なに言ってんの。僕なんか全然見られてないよ。全部勇成だって。そういうの、目線の位置っていうか高さでわかるもん」

女性たちの視線は確実に凜の顔の位置よりも高いところにあるのだ。凜の存在になど気付いていないのかもしれない、とさえ思う。

「凜を見てる女もいるぞ」

「……も？」

引っかかる言い方に、凜は眉《まゆ》をひそめた。あいにくと凜はそれほど鈍くはないのだ。勇成の言わんとしていることはわかってしまう。

「男が凜を見ることだってある」

「いやいや、それって勇成みたいな男が連れてる相手ってどんな子？　みたいな興味じゃないの？」

「そんな意味だったら、いちいちムカつくかよ」

「うーん……」

納得しかねる凜だったが、歩きながらする話でもないとも思った。旅先とはいえ、周囲の人たちに積極的に聞かれたい話でもないのだ。

凜が思っていたより、男もあり……という男性は多いようだ。若いうちだけだとか、見た目によるとかいった者たちも含めて、だが。

「ところでさ、どこに向かって歩いてんの？」

「適当」

「えっ、当てがあるわけじゃないんだ」

「そのうち当たるだろ」

「ええー……お腹すいた……」

腹が鳴っているわけではないが空腹感は強い。普段は一食抜くくらいどうということもないのに、旅先だからか、やけに食事に興味が向かってしまっている。心なしか踏み出す足にも力が足りないようだった。

「じゃあ、そこにでも入るか」

勇成が足を向けたのは、年季の入った住宅を改装したようなカフェだった。いわゆる古民家カフェというものだ。入るときに店先に置いてあったメニューをちらりと見ると、トースト類のほかにワンプレートの日替わりランチがあるようだった。

店内は半分ほど埋まっている状態で、凜たちは窓際の席に座った。客層は比較的若く、女性が八割といったところだ。

「サンドイッチプレートにする。勇成は？」

「日替わり」

凜が店員を呼んで注文しているあいだに、勇成は急に小さめのスケッチブックを取り出して絵を描き始めた。

「どうしたの？　いきなり降ってきた？」

「小悪魔な凜だな」

「はい？」

独り言に近い呟《つぶや》きは凜には理解しがたいものだったが、なにを言っているのかは十分に理解出来た。

さらさらとペンが走り、いつもの後ろ姿が描き出されていく。さすがにもう見慣れてしまった。

「小悪魔って、コウモリみたいな羽？」

「定義は知らねぇが、イメージとしちゃそっちのほうが伝わりやすいだろ」

「たぶんね。あっ、もしかして角みたいなの付ける？」

「いや、羽だけだ。なんだ、付けて欲しいのか？」

「違うよ。付けないほうがいいなって思っただけ。勇成の絵には、なんかあわない気がするしさ」

わかりやすい符号なのだろうが、絵のタッチとか雰囲気というものがある。ようするに凛の好みの問題でもあるのだが、勇成と見解が一致したので異論はない。

「ちょい大きめで、グレーにするかな……」

「えっ、黒じゃなく？」

「そっちのほうがイメージなんだよな」

なるほど、と小さく呟き、凛はふと窓の外を見た。

「あ……」

十字架とステンドグラスを見つけ、勇成が突然描き始めたわけを知った。教会からの発想で、なぜか小悪魔まで飛んだようだ。

「でもさ、イメージで言うと小悪魔ってシリルだよね。僕じゃないよ、絶対」

「自覚のあるなしだろ」

「ええっ……？」

聞き捨てならないことを聞いた。勇成の言い分によると、凜は無自覚の小悪魔ということになってしまう。

頑固として否定した。

「違うから。そういうんじゃないよ？　別に天使でも妖精でもないけどね」

天使というのは凜の姪《めい》たちのような存在のことを言うのだし、妖精というのは妹の亜依里《あいり》にこそ相応《ふさわ》しいと思うのだ。

「だったらなんだよ」

「え、凡庸な人間じゃん。見た目はルース家の遺伝子の恩恵受けてるけど」

凡庸という言葉に反応し、勇成は手を止めて顔を上げた。じっと見つめてくるのは、少し前に凜が一人で悶々としていたのを知っているからだ。

「まだこだわってんのか？」

「別に卑下してるわけじゃないよ。冷静に、そう思ってるだけ。別にそれでもいいのかな、って……いまは考えてるしさ」

努力すればある程度のところまではたどりつけるだろうし、凜は性格的にそこで納得出来てしまう。よくも悪くも、トップだとか上位に立ちたいというタイプではないのだ。目立つのも好きではない。容姿はもう仕方ないと諦《あきら》めているが、勇成のような目立ち方はしないし、シリルのように派手なタイプでもないので問題はさほどない。

「もともと僕は他人と比較とかしないタイプだったんだよ。競争心がないとか向上心がないとか、さんざん言われててさ」

「まぁ……そうなんだろうな」

「うん。でもあのときは……なんか全然ダメだった。勇成のことになると、どうにもならなくなっちゃうんだよ。いろんなところで」

振りまわされているというよりは、自分で勝手にくるくるとまわってしまう感じだ。恋というものは本当に厄介《やっかい》だった。

「俺も、次々新しい自分ってやつを発見してる気分だったな」

「だった?」

「最近は慣れて……いや、最近もあったな」

苦笑まじりの呟きにピンと来た。父親である琉永に嫉妬のような感情を抱いたことを言っているのだ。

視界の隅に店員の姿を捉え、凜は話を中断させた。そもそも長く引っ張る話でもないだろう。

「お待たせいたしました」

若い男の店員は勇成の前に日替わりのプレートを、凜の前にサンドイッチプレートを置いた。ただサンドイッチが載っているだけでなく、カップスープとサラダもついていた。勇成のほうも同様で、メインであるチキンのトマト煮にライスのほかにバケットまで添えてある。意外とボリュームがあった。

店員が去った後、凜は小声で言った。

「なんか、チラチラ見てたよ、それ」

「そうだったな」

店員が気にしていたのはスケッチブックだった。さすがに私語は口にしなかったが、なにか言いたそうな気配はあった。

「まさか気付かれた？」

「それはないだろ。せいぜい、ファンが真似《まね》てなにか描いてる、って程度だろ」

勇成はスケッチブックをしまって食べ始めた。

確かにそうそう本人だとは思うまい。リクハルドの正体は相変わらず伏せられている。日本人説も強いが、エージェントが「日本で創作活動をしています」という言い方をしているので、日本好きの外国人だと思っている者も多いようだ。もちろんエージェントは故意にそんな言いまわしをしたのだが。

「でもさ、勇成……っていうかリクハルドの知名度って、確実に上がってるよ？　こないだも話題になってたし」

海外の歌姫がSNSでリクハルドのファンだと言い、購入した絵と自分が一緒に写っている写真を公開したのだ。日本でも人気があり、数年に一度とはいえコンサートで来日しては話題を振りまく人物だった。

「いつの間にか絵もまた売れてたんだね」

「らしいな」

さすがに値段は聞かなかった。興味はあるけれども、聞くのは少しばかり品がないかな、と思ったからだ。

「ほんとにジャケットのシリーズは売らない気？」

「売らねぇよ」

「そっか……」

「凜にならやるけど」

「えっ……あ、いやいやそれはいいです。自分がモデルとか言われると、なんかちょっと恥ずかしいっていうか……」

しかもあれは肖像画というわけでもないのだ。実物よりもはるかに儚《はかな》げに描かれたあれを、ずっと見ていたいとは思わなかった。

「所有権に関しては未定なんだけどな、最初のあれ……妖精のやつはしばらく預けようと思ってる」

「え？　ど、どこに？」

「ルース家」

その瞬間に凜は固まった。スープを飲もうとして手にしたスプーンをあやうく落としそうになってしまった。

目の前でパチンと指を鳴らされ、ようやく凜は我に返った。

「ど、どういうこと……それ」

「飾りたいんだとさ。玄関ホールに」

「やだぁ……！」

心の叫びが噴き出したが、幸いにして声自体は大きなものではなかった。おかげで周囲から奇異の目で見られずにすんだ。

いつの間にそんな話になっていたのか。凜の知らないところで、勇成はルース家や凜の家族たちと連絡を取りあっているのだろうか。

疑問を抱きながら勇成を見ると、彼はすでに料理のほとんどを片付けており、最後の一口を口に入れるところだった。

「誰がそんなこと……」

「おまえの祖母《ばあ》さんらしいぞ」

「ああ……」

先代当主はことさら精霊に傾倒しているのだ。ルース家のなかでも筆頭と言っていい。そんな彼女だから、妖精の羽をつけた凜の絵を欲しがったと聞いて納得してしまった。妖精と精霊の差は、凜にはよくわからなかったけれども。

「ほんとに渡すの？」

「どうしても嫌だっていうならやめるけど」

「……もう返事しちゃってる？」

「一応」

凜の望みはあっけなく絶たれた。返事をしたというならば、撤回の理由を求められるだろう。勇成がどう言いつくろおうと、妙にカンのいいルース家の面々は正しく理由に気付くに違いない。そうなった場合、ちくちくと遠まわしに責められるのは当然凜だ。

「……観念した」

「そうか。じゃ、話を進めさせるわ」

「大丈夫。どうせ滅多に行かないんだし……うん、次はきっと三年後くらい」

数字に根拠はないが、自分に言い聞かせているあいだに落ち着いてきた。残りのサンドイッチを食べ、少し冷めたコーヒーを飲んだ。

店にいたのは一時間ほどだった。それから昨日行かなかった界隈を散策し、勇成が何枚も写真を撮った。気に入った建物や街並みは残しておき、創作の参考にしたりイメージをつかんだりするらしい。

歩き疲れてホテルに戻ったのは五時を少しまわったところだった。途中で買ったものを置いて行きたかったし、まだ時間が早いので相談がてら時間を潰す意味もあった。ホテルスタッフが勧める店、という冊子も用意されているので、そこから選んでもいいかと思っていたのだ。

「なに食いたい？」

「ラーメンとかでもいい……あ、でも米食べたいかも。今日、食べてないし」

「パンが食いたかったり米が食いたかったり。問題は炭水化物なのかよ」

「炭水化物って言うな。主食じゃん、主……」

エントランスをくぐったところで、凜は固まってしまった。視界に飛び込んできた人物が、ひらひらと手を振りながら笑っていたからだ。

横から勇成の舌打ちが聞こえてきた。

「おかえり。二時間も待っちゃったよ」

壁際のソファに座って長い脚を組んでいるのは、ここにいるはずもない琉永だった。手にタブレットを持ち、イヤホンを繋《つな》いでなにか聞いていたが、凜たちと目があうと同時にそれは外した。

「な……なんで……」

「送ってくれた写真の位置情報をね」

「あっ」

言われて初めて気がつき、凜はそうっと勇成の顔を見た。勇成はまっすぐに琉永を見すえていたが、ホテルのロビーという人目のある場所のせいか睨《にら》むというほどきつい目付きではなかった。

ただし苛立《いらだ》ちはひしひしと感じた。

「いろいろ聞きたいことがある」

「だよね。どうする？　わたしも部屋を取ったんだけど、こっちに来る？　それとも君たちの部屋にしようか」

「……そっちの部屋で」

「うん、行こうか」

どうも身軽だと思っていたら、すでにチェックインしていたらしい。だったら部屋で待っていればいいのに、二時間もロビーにいるあたりが酔狂と言おうか、琉永らしいと言おうか、とにかく行動が変わっている。

琉永の部屋はダブルルームだが、造り自体は凜たちのところは同じだった。フロアは一つ上だ。

「で？」

ソファにどっかりと座り、勇成は目をすがめる。隣で凜は小さくなった。

勇成が問いかけているのも見すえているのも、そして苛立ちを向けているのも琉永だが、凜はその片棒を担いでしまったのだ。位置情報については失念していたがゆえの「うっかり」だが、撮影とメールを送ったことに関しては、内緒でやったという負い目があった。

「凜くんを騙《だま》しちゃった」

まるで語尾にハートマークでも付きそうなほど楽しげな響きに、凜はぽかんと口を開ける。琉永はにこにこ笑うばかりだ。

「騙しただと？」

「本当に疑うことを知らないっていうか、別に嘘はついてないけど、裏を読むっていう考えがないんだねぇ」

凜ははっとした。まったくその通りだった。いまはない例の能力はあまりにも長く凜とともにあったために、なくなったいまでも無意識に頼っている部分がある。嘘だけでなく、相手の隠された意図なども凜は読み取るのが下手なのだ。この年で得意なのもどうかとは思うが、凜の場合はその頭がまったくない。

勇成はそんな凜を見て、ふたたび琉永に目をやった。今度ははっきりと睨むような目をしていた。

「わかってるなら、なんでそんな方法取ったんだよ」

「いやいや写真欲しいなって思ったのも本当だから。わたしだと絶対に撮れない写真を撮ってくれるだろうしね。お祖父ちゃんも欲しがってたし」

「……根本的な問題として、なんで来たんだ？」

「楽しそうだと思って」

琉永の返答は清々《すがすが》しいほどはっきりしていた。顔はよく似ているのに、屈託《くったく》なく笑うその表情はまったく違った。

「息子と恋人の旅行に押しかける親がどこにいるんだよ。ここに、とか言うセリフだったら聞かねぇからな」

「えー」

「えーじゃねぇよ。帰れ」

「嫌だよ。せっかく時間とお金をかけてきたのに。それよりさ、一緒に晩ご飯食べようよ。ごちそうするから。ね、凛くん。料亭って行ってみたくない？　学生同士だと入りにくくても、わたしがいれば大丈夫でしょ？」

「りょ、料亭？」

興味はあるが、非常に身がまえてしまうのも確かだ。多少裕福な家庭で育ったからといって、凛の親は子供と料亭に食事に行くような人たちではなかった。だから敷居が高いように思えてびくびくしてしまう。

「そう難しく考えなくても、個室でちょっと時間かけて食事をするってだけだよ。むしろ人目がなくて気楽かもしれないし」

「それはないと思います……」

恋人の親と食事をすること自体が緊張してしまう。マナーがなっていないと思われたらどうしようと、救いを求めるように勇成の顔を見た。

「どうしたい？　凜が行きたいなら、付きあうぜ」

「……和食のマナー、よく知らなくて……」

洋食はそれなりに身についている、という自負がある。子供の頃から母親に言われてきたからだ。和食のほうも一応基本的な部分は躾《しつ》けられたが、ルキニア人である母親には難しい部分も多かったようで、洋食ほどには教えられてこなかった。

「凜は箸《はし》の持ち方もきれいだし、別に問題ねぇと思うけどな」

「そ、そう？」

「このへんの料亭はわりと敷居も低いんだよ。こっちの売りでもあるから、観光客がよく行くし。今日行こうかなと思ってるとこも、硬くなるようなところじゃないよ」

「で、でも服とか……」

「それで十分」

琉永の笑顔に肩から力が抜けていくのを感じる。いかにも場慣れしていそうな彼と、どこへ行っても堂々としている勇成が一緒に行くのだからとても心強い。

もう一度勇成を見ると、彼は小さく頷いた。

「あの……よろしくお願いします」

「任せて。実はもう予約してあるんだよ」

「断ったらどうするつもりだったんですか」

「断らないだろうと思って」

悪びれもなく言う琉永に、呆れてしまう。勇成はまた舌打ちをしていたが、言っても無駄だと知っているからなにも言わなかった。

琉永は時計を見て、少し時間があると呟いた。

「六時半に予約したんだ。五時半までに帰ってこなかったら電話しようと思ってたんだよ」

「だったら二時間もロビーで待ってなくてもいいだろうが」

「驚いた顔が見たいじゃないか。まぁ仕事してたし、別に問題ないよ。そうだ勇成。ちょっとこれ聞いて」

琉永が先ほどのタブレットをスピーカーに繋ぐと、すぐに音楽が流れ始めた。聞いたことのないその曲が、琉永の曲だということはわかった。凜は音楽に造詣が深くないし、特別耳がいいというわけではないが、なんとなくわかるのだ。

曲は少し暗めで、主に弦楽器を使った仕上がりになっていた。以前聴いたものよりも、さらにファンタジックな印象だ。

「……前にくれたやつとはちょっとイメージ違うな」

「このイメージで考えといて」

勇成は無言で聞いていたが、凜はあまりのタイムリーさに口元をむずむずと動かしそうになった。

さすが親子だ。勇成がカフェで小悪魔を描いたのは、この曲のためだったのかもしれない。もっとも勇成はひどく複雑そうな顔をしていたが。

「どうした？」

「なんでもねぇ。あー……蝶《ちょう》の羽で蜘蛛《くも》の巣にかかってるのと、堕天使《だてんし》と小悪魔と、どれがいい？」

勇成が微妙な質問をした途端、琉永の目が凜に向けられた。強いまなざしに、思わずびくっとしてしまった。

琉永は顎《あご》に手をやったまま、そのまましばらく凜を見て考えていた。

そうしてたっぷりと時間をかけてから小さく頷いた。

「わたしのなかで小悪魔って言うと、なんとなくコミカルな印象なんだよねぇ……蝶はいい感じだけど……やっぱりここは堕天使で」

「だよな。曲の感じで、そう思った」

「羽はね、ちょっと傷ついた感じがいいなぁ。こう、いたいけな印象というかね。背徳感満載でよろしく」

「なるほど……」

親子の会話を聞きながら凛は少し遠くを見ていた。いたいけだとか背徳感だとか、とても自分自身に縁のある言葉だとは思えなかった。

(あれは絵の世界だし、うん。僕を元にした、まったく別のものだし)

無理矢理自らに言い聞かせていると、琉永がじっと見つめていたことに気付いてうろたえた。勇成は黙っていたが、どこか不愉快そうな顔をしている。父親が恋人を見つめていたくらいで妬《や》くのはどうかと思った。

「そんな目で見ないの。いやね、ちょっと前に来た二人組の片方は、小悪魔が似合いそうだなぁと思って」

「そ……それって、まさか……」

たった二つのキーワード――二人組と小悪魔で、それらの言葉がなにを示しているのかわかってしまった。勇成も同様だった。

琉永はにやりと笑った。

「まさか遠い親戚に会えるとは思わなかったよ」

「あんたのところにも行ったのか」

「厳密に言うと、君たちのところへ行く前……みたいだね。わたしはほら、一部のプロフィールを公開してるから」

そう、琉永は本名と顔こそ伏せているが、日本人であることや年齢、そして個人事務所の所在地などは隠していない。雑誌のインタビューにも写真なしでなら応じているし、ラジオ番組に出演したこともある。その際にパーソナリティーから容姿を絶賛されたことで、長身かつ美形であると噂《うわさ》されている。祖父もプロフィールは明かしていないので、親子だということは認めているものの、詳しい情報は知られていなかった。

「でもあの二人はなんで黙ってたんだろう……」

「それはわたしが口止めしておいたからだね」

「はい？」

「おもしろそうかと思ったんだけど、大して発展しなかったみたいだね。あの二人、どうなったの？」

琉永の言葉に凜は無言となり、勇成は舌打ちした。なにを期待していたのか問う気も起きなかった。

「愉快犯かよ」

「人聞きの悪い。子供の交友関係に口出しはしない方針なんだよ」

「もっともらしいこと言ってるけど絶対違うだろ」

思わず凜も同意した。どう考えても、口出しをしないのと口止めをするのはまったく別の問題だ。

「で、どうなったの？」

「くっついた」

「へぇ。まぁ順当か。仲よくなれた？」

「なってねぇし、なる気もねぇ」

「そうなの？」

疑問の声は凜の口からするりと出て、彼自身が誰よりも驚いてしまった。

意識していなかったが、凜のなかにはあの二人との今後の付きあいが可能性として含まれていたらしい。

勇成はまじまじと凜を見つめた。

「嫌じゃねぇのか？　アーネストはいつまたおまえに興味が向くかわかんねぇし、シリルにはさんざんきつく当たられてたろ？」

「アーネストはもう大丈夫だと思うし、シリルのあれは……うん、まぁあのときはムカついたりもしたけど、もうすんだことだし……理由聞いたら、なんか可愛く思えてきちゃったというか……」

ずっと一緒にいたら疲れそうだが、ときどき会う分にはいいか……と思えてきたのだ。それに留学してくるのだから、唯一の知りあいである凜や勇成のところには向こうからやってくるだろうと予想している。

「そのあたりの話、食事しながらゆっくり聞かせてね？」


琉永が予約した料亭は、宿泊先から歩いて行ける場所にあった。

ホテルは繁華街の外れといってもいい場所にあり、数分歩いただけでがらりと雰囲気を変えた。川沿いの道は静かで、一般の住宅も新しいものや古いものが混在しており、そのなかに情緒ある木造の建物があった。

玄関までのアプローチは屋根付で足元は石畳《いしだたみ》。点々と置かれた行灯《あんどん》がなんとも言えない風情を醸し出しており、気楽にと言われていても凜は緊張してしまった。

通された部屋は角部屋で、二方向に庭が見えている。ガラスをはめ込んだ戸の向こうは縁側だ。

ガラス越しに見える庭は、昼間ならばもっと目で楽しめただろうし、夜は夜で雰囲気を楽しめた。もう少し遅い時期ならば桜がきれいに見えるらしい。

そして確かに琉永がいてくれることによって気分的にはかなり楽だと言えた。大人に連れてきてもらった、という図になっているからだ。

「それで、話してるあいだにシリルがアーネストのこと好きっていうことがわかって……」

ルキニアで二人に会ってから昨日の朝までのことを、食事の合間に話すことになり、凜は順序立てて説明していた。ずっとしゃべり通しということではなく、仲居が来たときや食べているあいだは黙っていたり、料理の感想や観光の話をしていたので、ここまで来るのにずいぶんと時間がかかった。

コースはすでに締めが来ていた。先付けから始まった手の込んだ料理は味だけでなく器も盛りつけもきれいで、一品ごとの満足度が高い。シメに来たショウガのきいたカニご飯も美味く、すでに腹が一杯だと思っていたのに口に入ってしまった。

「食べ過ぎた……」

おかわりが出来ると言われても、もう限界だった。この後デザートがあるようだが、入るか心配なほどだ。

気がつけば入店してから二時間以上たっていた。

「えっと、それで昨日なんですけど、二人がいきなりマンションの前にいたんですよ」

「付いてこようとしなかった？」

「しました。本気かどうかは知らないけど」

シリルはともかくアーネストは仕事があるはずだ。そうそう急に旅に出られるはずはないのだ。

だが琉永は恐ろしいことを言った。

「有休中じゃなかったかな、彼は。支社にはいろいろな確認のために顔を出す程度らしいよ。今週いっぱいくらいは」

「詳しいな」

勇成が尖《とが》った声を出すものの、琉永はにっこりと笑うだけで多くを語らなかった。どうやらその後も連絡を取りあったらしい。

とても嫌な予感がした。

「僕たちの行き先、言ってませんよね？」

「どうだろう？」

「言ったんですね⁉」

否定しなかったということは、おそらく肯定だ。あるいは直接地名は告げていなくても、すぐにわかるヒントを出したのかもしれない。

勇成は目付きを険しくしていた。

「わたしは自分の旅行先を教えただけだよ？　ホテルの窓から写真撮って、送ったりもしたけど」

「それってホテルもバレますよねっ？」

「なに、バレたら困るの？」

「こ……困るわけじゃないですけど……」

わかっている。わかって言っているから琉永は質《たち》が悪いのだ。

「どうせ明日チェックアウトだし、その後は親父を振り切るぞ。凜」

「えー、せっかくなんだから一緒に行かない？　レンタカー、ちょっと大きいの借りたんだよ。あちこち見てまわろうよ」

「え、でも……」

「初めての旅行ってわけでも記念日ってわけでもないんだよね？　だったらいいじゃない。泊まるときは別なんだし、移動も楽だよ。それにわたしこっちのほうには詳しいからね。案内もしてあげられるし、美味しいところも知ってるよ。ガイドブックとかネットの情報じゃなくてね」

向かいに座っている琉永はぐいぐいと押してきた。勇成にはいくら言っても無駄だと知っているので、落としやすい凜を狙ってきている。そしてアピールポイントは的確だ。

観光名所や美味いものを知っているというのも魅力だが、移動が楽というのも大きな魅力だ。バスや電車が嫌いな勇成にとっても利点だろうし、タクシーは凜の金銭感覚からするととても贅沢だ。街から外れると流しのタクシーはほとんど走っていないので、いちいち呼ぶのも煩わしい。予定ではレンタカーを借りることになっていたのだが、琉永がすでに借りた上に誘ってくれているのだから、乗せてもらいたいという気持ちになってきた。どうせこちらが借りても後を付いてくるに決まっている。

ちらっと勇成を見ると、苦い顔はしていたが絶対に拒否という姿勢ではなかった。親子二人だけならば断固拒否だが、緩衝材である凜がいることで態度が軟化している部分もある。それに勇成としては、多少寛容なところを見せておきたい、という見栄とも意地とも言えないようなものがあった。凜と琉永、どちらにも見せたいのだ。

「別の旅館か、同じでも部屋は別だぞ」

「どこを予約したの？」

「……明日言う」

かなり警戒し、勇成は旅館の名前どころか地名すら言わなかった。

「温泉？」

「言わねぇって言ってんだろ」

「凜くん、どう思う？　勇成って、反抗期あたりからずっとこうなんだよ。寂しいよね。わたしなんて、ずっとこんな感じだったよ。親に反抗なんかしなかったよ」

「それもどうかと思います」

反抗云々《うんぬん》はともかく、子供の頃からこの態度と口調というのは子供としていかがなものかと思った。もし自分が親だったら手に負えない。

その後、デザートとお茶が運ばれてきた。この部屋を担当している仲居は三十代くらいで、着物姿がよく似合う女性だった。凜が琉永を「お義父さん」と呼んでいるのを聞いていたので、当然のように勇成と凜は兄弟だと思っているだろう。あるいは女将から「二人の息子」だと教えられているかもしれないが。

仲居が下がった後、凜はふと気になったことを尋ねた。

「ところで、いつもは誰と来てたんですか？」

店に入ったとき、凜たちはまず別室でお茶を入れてもらって、女将《おかみ》と少し話をしたのだ。琉永は聞かれもしないのに「息子たち」と紹介をした。勇成が実年齢よりも老けて見えたのか、女将は琉永に大きな息子がいることを驚いていた。兄弟のよう、というのは凜も納得だった。

「一人だよ」

「本当かよ」

勇成はまったく信じていなかった。行く先々に女性がいるのでは、と疑っているのだ。

「旅行は基本的に一人旅なんだよ」

「一人旅でも、あんたの場合は現地妻がいるだろ」

「いないって。もう勇成はわたしをなんだと思ってるんだろうね。確かに恋人のほかに彼女もいるけど、さすがに行く先々になんていないから」

「もっとよく行く何ヵ所かにはいるんだな？」

「日本は東京だけだよ」

琉永の返答から、だいたいのことはわかった。勇成の言う通り、拠点にしているロンドンに恋人がいて、仕事でよく行くらしいニューヨークや実家のある東京などには彼女――あるいは彼女たちがいるのだ。何ヵ所に何人いるのかまでは聞く気はなかった。

デザートを食べてしばらくゆっくりしてから、来たときと同じように散歩がてら歩いて帰ることにした。結局デザートも食べきってしまった。

「桜にはちょっと早かったねぇ……」

「ですね」

「花見をしようね。その頃まではいるから」

「あ、はい」

毎年琉永はこの時期に帰国するらしい。桜を見に来るためかどうかは不明だが、とりあえず欠かしてはいないようだ。

「屋形船っていまから押さえられるのかなー」

「え？」

「無理なら船は来年だね。貸し切りで」

「えええっ？」

「実家の桜もきれいなんだよ。予約無理だったら、うちでしようね」

先日連れていかれたあの家ならば、確かに静かにゆっくりと花見が出来るだろう。木は少なくても、うるさくないのは十分に魅力的だ。

「祖父さんも呼ぶか」

「いいねぇ」

勇成が呟くと、前を歩く琉永が笑いながら同意した。

「それ以上はなしだぞ。家でやるなら家族だけだ」

当たり前のように凛を家族に入れている勇成に、琉永はなにも言わなかった。細かいことを言うのは無粋だと思っただけかもしれないし、勇成と同じ認識なのかもしれない。

出来たら後者がいいなと考えながら、凛は夜道を歩いた。川風が少し冷たかったが、身体が温まっているせいか少しも寒くは感じなかった。

川沿いの道は店がほとんどないために薄暗い。桜のつぼみはかなり膨らんでいて、もう少しで咲き始めそうだ。

木々のあいだから、ぽっかりと月が見えていた。

「もうすぐまた満月だね」

「そうだな」

月が満ちるまで後数日だ。その頃には自宅に戻っている予定だった。

勇成は凜にコートのフードを被せ、そのまま手を繋いできた。この暗さとフードを被っているならば通行人に見られても問題ないと思ったらしい。

「変わったねぇ、勇成」

振り返った琉永が目を細めて笑った……ように凜には見えた。

「うるせぇ」

「そういちいち噛みつかない。いいことだって言ってるんだよ」

「茶化されてるとしか思えねぇんだよ」

「なんでこんなに捻くれちゃったんだろう……」

あんたのせいだ、と勇成は小さく毒づいた。琉永の耳に届いたかどうかはわからない。とりあえず琉永の反応はなかった。

(それにしても……)

まさか恋人の親の前で手を繋いで歩くことになるとは想像もしていなかった。凜の両親といい、ここまで理解があるとは規格外な人たちだと思う。

「そうだ、明日写真撮ってあげるよ。恋人繋ぎして、海辺にいる写真。それでお祖父ちゃんにお土産と一緒に送ろうね」

勇成は嫌そうな顔をしていたが、凜はちょっといいかもしれない、と思ってしまった。だんだんと慣れてきたのもあるし、開き直りつつもあった。

「たまには保護者同伴の旅行もいいかもね」

長い休みのたびに行くとして、やはり基本的には二人だけで楽しみたい。だからそれ以外の、週末の一泊旅行くらいは、たまに琉永がいてもいいいんじゃないかと思った。

「……たまに、だぞ」

「うん」

明日も楽しみだ。

そんなことを考えながら歩いていた凜は、翌朝チェックアウトのために下りたロビーで、はた迷惑なあのカップルに遭遇し、驚愕の声を上げることになるのだった。

あとがき

まずはお詫びから……。

前作、年齢のことで齟齬がありました。勇成の年齢について、です。大学二年で現役で留年もしていないので、誕生日前は十九歳なんですが、二十歳表記がありました。もうすぐ二十歳になる設定ということで、アバウトに二十歳と言ってしまうことも実際にはあるかもしれませんが、それだと無理矢理ですし、ミスはミスということで……。いやもう本当に時系列などのチェックが甘くて申し訳ありませんでした。あれだと凜が大学一年にして二十歳になっちゃうことになりますね……。

というわけで、彼らは大学一年と二年のカップルです。今作ではそれぞれ十九歳と二十歳です。

話は変わりますが、先日腕を痛めてしまいまして……。いわゆる肉離れというやつです。風呂場で滑り、バーにつかまった右腕に体重がかかった瞬間、ブチッ……という、人体からこんな音すんの？　という音がしまして。

いやもう激痛でございましたよ。そして、腕を上げるどころか動かすという行為が出来なくなりました……。

なにが不自由って、着替えです。いろいろありましたけど、着替えに苦労しました。しばらくのあいだは前ボタンが全開になるようなシャツしか着られなかったです。下がったままの腕に、まずはそろーりと袖を通して、それから着るという感じでした。ちょっとでも力が入ると痛いので、とても慎重に（笑）。食事とかは左手を使ったりでしのげましたが、地味に苦労したのが髪を後ろでゴムでまとめるという作業でしたね。あれって片手だと出来ないんですよー。むしろ洗髪とかのほうがなんとか片手で出来ないこともないという。時間はかかりますけど。

二ヵ月たってもまだ痛いです。さすがに日常生活はほぼ不自由なく送れるようになりましたが。いやぁ……筋肉が断裂するって、いろいろ大変です。

そんなことはともかく、本の話に戻りましょう。平眞ミツナガ先生、今回も素敵なイラストをありがとうございました。特に表情がとても好きです〜。それぞれがすごく魅力的で嬉しかったです。

最後に。ここまでご覧くださいましてありがとうございました。また次回、なにかでお会い出来たら嬉しいです。

きたざわ尋子

✦初出　月に蜜色の嘘……………書き下ろし
月の下で…………………書き下ろし

きたざわ尋子先生、平眞ミツナガ先生へのお便り、本作品に関するご意見、ご感想などは
〒151-0051 東京都渋谷区千駄ヶ谷 4-9-7
幻冬舎コミックス　ルチル文庫「月に蜜色の嘘」係まで。

幻冬舎ルチル文庫

月に蜜色の嘘

2016年5月20日　第1刷発行

✦著者　きたざわ尋子　きたざわ じんこ

✦発行人　石原正康

✦発行元　株式会社 幻冬舎コミックス
〒151-0051 東京都渋谷区千駄ヶ谷 4-9-7
電話 03(5411)6431[編集]

✦発売元　株式会社 幻冬舎
〒151-0051 東京都渋谷区千駄ヶ谷 4-9-7
電話 03(5411)6222[営業]
振替 00120-8-767643

✦印刷・製本所　中央精版印刷株式会社

✦検印廃止

ISBN978-4-344-83724-9　C0193　Printed in Japan